"어머, 활기 넘치는 가게네요."

NPC
아니타

"고— 아뇨, 아가씨. 남들 앞에서
너무 목소리를 내지 마시길……!"

플레이어가 아니라
NPC 손님이 찾아왔다.

NPC
릴리

VRMMO학원에서 즐거운 마개조 가이드 3
~최약 직업으로 최강 대미지를 뽑아봤다~

하야켄 일러스트● **아키타 히카**

"받으시죠—『검의 춤』!"

"저런 건 좋지 않아!
저런 건 괴롭힘이야!
좋지 않아!"

"하지만, 저 녀석들이
화내는 것도
무리는 아니다 꼬꼬.
나도 왜 나 따위가
영웅 후보로 선발됐는지—."

렌과 아키라가 우연히 도와준 코케족의 코코루.
그것은 새로운 마개조의 서막이기도 했다—?!

NPC

코코루 선더스

레벨 1

종족 버드맨
조인종/코케족

즐거운 VRMMO 마개조 가이드

~최약 직업으로 최강 대미지를 뽑아봤다~

3

하야켄 지음

아키타 히카 일러스트

이경인 옮김

A Guide to Happy Devil Mods
at VRMMO High School

CONTENTS

　자, 길드숍 정식 오픈으로부터 사흘.

　손님은 호조. 매상도 괜찮은 느낌이다.

　역시 『레이브라의 마필』로 만든 래핑 아이템은 새로우니까.

　원래는 아직 저레벨인 내 합성 스킬로도 만들 수 있는 아이템인데, 엄청 잘 팔린다.

　이것도 일종의 마개조겠지.

　아무도 돌아보지 않는 흔해빠진 아이템에 살짝 손을 대기만 해도 팔린단 말씀이죠.

　디자이너 야노의 센스도 좋으니까 말이지.

　이런 건 먼저 손댄 녀석이 당연히 유리하다.

　『레이브라의 마필』의 공급이 늘어서 시중에 나돌 때까지는 괜찮게 벌 수 있겠지.

　지금 벌 수 있을 만큼 벌자고!

　그리고 그 수익으로 로망포를 장전해서 날리는 거다!

　이보다 유익한 돈 쓰는 법은 없겠지!

　"안녕하세요. 실례할게요."

　아카바네다. 카타오카도 따라왔다.

　벌써 사흘 연속 가게에 오고 있다. 아카바네도 열심히 하고 있구나.

아직 웃으며 인사를 나눌 만한 우호적인 분위기는 아니지만—.

"아…… 어서 오세요."

사흘 연속인지라 역시 익숙해졌는지, 아키라가 「으젝」이라고 하지 않게 되었다.

어제까지는 말했었지만.

"훗…… 겨우 사람을 대하는 예의라는 걸 조금은 익히게 된 모양이네요."

아카바네는 조금 기뻐보였다.

"뭐, 익숙해졌다고나 할까요……."

아키라는 역시 조금 경계하는 분위기다.

여기서는 살짝 지원 사격을 해줄까 싶었다.

"야, 아키라."

"응? 왜 그래. 렌."

"조금 더 평소처럼 붙임성 있게 해도 괜찮지 않아? 모처럼 아카바네도 친해지려고 매일 와주고 있으니까."

가볍게 꺼낸 내 발언이 두 사람에게 충격을 주었다.

"에에에에에에에엑?!"

"무, 무무뭇……! 무슨 바보 같은 소리를 하시는 거죠—?!"

뭐랄까, 번개가 쾅 내리친 것 같은 느낌이다.

"아아아아니거든요. 무슨 착각을 하는 건가요?! 제가 그런 일을 할 리가 없잖아요?!"

　아니, 아키라는 몰라도 왜 아카바네 너까지 그런 리액션인 거냐고.

　얼굴을 새빨갛게 물들이고는 손을 파닥파닥 내저으며 부정했다.

　거기까지 하지 않아도 되는데…… 심술쟁이네.

　「그렇게 생각하고 싶으시다면 마음대로 하시길」이라고 말하며 흘려버리면 될 것을.

　"이크, 볼일이 떠올랐네요. 그럼 실례하죠! 가요, 카타오카!"

　아, 도망칠 생각인가……!

　아카바네에게는 자극이 너무 강했던 걸까.

　조금 실패했나? 너무 직구였나? 쟤한테 지원 사격을 해주기 참 어렵네.

　아카바네는 떠나기 위해 가게 출구로 향했지만─.

　마침 문 바깥쪽에서 문이 열렸다. 그리고 손님 한 명의 모습이 보였다.

　"실례하지."

　"앗?!"

　그 녀석은 한마디로 말하자면─ 변태였다.

　풀 페이스형의 번들번들하게 번쩍이는 철가면. 그 속의 표정은 전혀 엿볼 수 없다.

　크림슨 레드의 작은 스카프 머플러.

마찬가지로 크림슨 레드의 부메랑 팬티.

―만 입고 있다. 나머지는 알몸이다.

참고로 몸매는 탄탄해서 훌륭했다.

……이 녀석, 얼마 전부터 내 시야에 힐끗힐끗 들어오던 변태잖아!

기분 탓이 아니라, 역시 실존했었나―!

그보다 이 녀석은 대체 뭐야?!

아니, 평범한 온라인 게임에는 외견이 조금 이상한 장비를 애용하는 녀석이 확실히 있다.

패션에 대한 집착의 일종이겠지.

하지만 자신이 곧 캐릭터인 VRMMO에서 이런 녀석이―?!

그리고 그 겉모습도 놀랍지만, 더욱 놀라운 것이…….

"오라버니!"

아카바네가 그런 말을 한 것이었다.

"뭣이이이이이이이이이이이이이이?!"

"에에에에에에에에에에에엑?!"

아카바네 류타로(3-A)

레벨 208　소드 댄서　길드 마스터(트루 폼) ^{진실된 모습}

아카바네……?!

어, 이거 진짜로 아카바네의 오빠인 건가!

그리고 왜 이런 이상한 게 유키노 선배보다 레벨이 높은 거야?!

그보다 남자 소드 댄서는 처음 봤네!

"여어, 여동생아. 네게 들었던 페인트라는 걸 바로 시험해 보러 왔다."

"어머, 그러셨군요. 분명 마음에 드실 거예요."

"음…… 그럼 자네, 바로 부탁해도 될까."

"네? 으음…… 그럼 안으로 들어오시죠! 아키라, 가게 부탁해!"

아키라는 너무나도 쇼크였는지 얼어버렸고, 이걸 다른 손님에게 보여주면 기겁을 할 테니까— 일단 안으로 격리하자!

그리고 안쪽 공방으로 들어와 의자를 준비했지만—.

역시 이거, 건드리지 않으면 안 되는 건가?

뭐, 일단 물어볼까…….

"저기— 그 차림은 뭔가요?"

"음. 실은— 이래 봬도 나는 노출광이라 말이지."

"아니, 그냥 그대로잖아요! 너무 스트레이트하잖아요! 이래 봬도라니, 어떻게 보고 있다고 생각한 건가요!"

"훗…… 하지만 기다려라. 그 무엇에도 휩쓸리지 않고 자신의 스타일로 게임을 즐기는 게 게이머로서 올바른 태도가 아닐까? 나는 그렇게 생각한다만?"

"아무리 그래도 내용에 따라 다르지 않을까요…….."

현실이었다면 이거, 체포됐겠지. 변태니까.

"하지만 기다려라. 그럼 내 사정을 들어보도록. 이래 봬도 나는 노출광인데……."

"아니, 똑같잖아요! 루프하고 있다고요!"

지금까지 자기는 노출광이라는 것밖에 정보가 들어오지 않고 있어!

그것도 두 번이나! 중요한 거라서 두 번 말한 건가?!

아니, 보면 한 방에 알거든!

"하지만 기다려라. 현실에서 노출하면 체포되겠지만, 게임 속이라면 치외법권 아닌가? 그렇기에 나는 여기서 진정한 나를 마음껏 해방하고 있는 거지. 이 게임의 리얼리티는 리얼 노출에 가까운 감각을 전해주니까. 이 게임은 나와 같은 자의 악업도 감안해주고 있는 것이야! 참으로 근사하군! 여기는 그야말로 유토피아!"

일어서서 팔짱을 척 끼며 포징! 극혐!

어이이봐, 이 사람 완전히 확신범 노출광이잖아!

아카바네 가는 이래도 괜찮은 건가?! 정치가 같은 것도 하는 상류층 가문이잖아?!

아~ 빨리 VRMMO 안의 변태도 단속하는 법률이 나와야 할 텐데!

이 녀석은 빨리 어떻게든 하는 게 좋다고 생각한다만!

"즉, 자신의 성벽을 채워주니까 이 학교에 와서 이 게임을 하고 있다?"

"하지만 기다려라. 그게 첫 번째긴 하다만, 두 번째로 우리 아카바네 그룹 산하인 레드 페더 소프트도 UW 개발에 협력하고 있어서 말이지. 내가 직접 입학하는 것으로 광고탑이 되어 학원 실적에도 공헌해주게 된 것이야. 이 학교의 시도는 무척 흥미로워. 어떻게든 협력해주고 싶다고 생각했거든."

레드 페더 소프트! 꽤 유명한 게임 메이커잖아!

우와, 이분들 진짜로 상류층이네!

근데 광고탑? 이런 게?!

레드 페더 소프트 사람들 곤란하지 않을까…….

이런 왕변태를 광고탑으로 삼으라고 해도— 말이지.

오히려 방해되는 거 아닌가?

그나저나 이분은 태클 걸 곳이 너무 많아서 곤란하네.

"아~ 그럼 여동생분도 그런 느낌으로?"

"훗, 하지만 기다려라. 오빠의 긍지를 걸고, 여동생을 정치에 이용하지는 않아. 그 아이가 아오야기 가의 여식과 친구가 되고 싶어 한다는 건 알고 있었지. 고지식하고 드센 여동생이니, 결코 자기가 직접 말하지는 않았지만. 나는 그저 재미있기 때문에 이 학원을 그 아이에게 추천한 거다. 표면적으로는 말이지."

어이이봐, 이 변태 풀 페이스 가면이 왠지 멀쩡한 소리를 하고 있는데.

"실은 자네에 대해서도 여동생에게 들었지. 여동생과 잘 지내줘서 감사하고 있어. 고맙다."

풀 페이스 머리를 숙이며 감사의 말을 해왔다.

"처, 천만에요……."

으~음. 이거 어떻게 대해야 좋을까.

의외로 알맹이는 멀쩡한가?

아니, 그래도 외모가 이런 녀석을 멀쩡하다고 말할 수 있을 리가 없잖아.

"그리고 봄의 신인전 우승 축하한다. 훌륭한 싸움이더군."

"가, 감사…… 그런데 저기, 이야기를 되돌리겠는데요— 왜 얼굴이 철가면이죠?"

"하지만 기다려라. 얼굴은 다들 노출하고 있잖아?"

"뭐, 그렇죠."

"그럼 그런 에어로 파츠를 보여줄 필요는 없지. 오히려 불필요한 거라고."

……즉, 자기가 그러고 싶으니까 저러고 있다는 건가.

영문을 모르겠군. 역시 이해할 수 없을 것 같은데?

그때 2층에서 마에다와 야노가 내려왔다.

두 사람은 풀 페이스 나체족을 보고는 경악해서 소리를 내질렀다.

"아! 꺄아악?! 이, 이상한 게 있잖아아아아아아! 코, 코토미, 어떻게 좀 해줘!"

"에에에엑?! 내가? 나도 싫어, 저런 이상한 사람……!"

의외로 야노 쪽이 이런 것에 내성이 없는지 마에다의 등에 숨어서 꾹꾹 밀고 있었다.

야노는 갸루인데도 섹드립 계열에 가까운 건 싫어하는군. 의외로 결벽한 건가.

"신경 쓰지 말도록!"

철가면 선배는 왠지 무척 기쁜 듯이 두 사람에게 말을 걸었다.

누가 기겁하는 게 쾌감인 것 같다. 뼛속까지 변태라는 거로군.

그러고 보니 3학년 교실에서 봤을 때 호무라 선배는 봤을 텐데도 무시했었다.

3년째가 되니 익숙해진 것이다.

그러니 마에다와 야노의 반응은 신선해서 좋은 거겠지.

역시 노출광은 보여주고, 그걸로 떠들썩해져야 하는 법이니까……

"마, 말했다아아아! 싫어싫어 코토미, 빨리 내쫓아줘어어어!"

"나, 나한테 그런 소리를 해도……!"

"훗……."

뭐야 그 니힐한 웃음은. 정말로 기뻐 보이네.

"아, 두 사람 다 괜찮아. 내가 있으니까."

아니, 사실은 나도 괜찮지 않긴 하지만.

"아, 타카시로……!"

"오오오, 다행이다—. 그보다 타카시로가 데려왔어?"

요괴 알몸 가면의 임팩트가 너무 강해서 내가 보이지 않았던 모양이다.

뭐, 무리도 아니지.

"아니, 손님이야. 일단— 그러고 보니 뭘 하고 싶은 건가요?"

"하지만 기다려라. 여동생에게 여기서 네일 페인트 서비스를 해준다고 들었거든. 그렇다면 이 바디에 페인트를 하는 것도 가능하겠지? 꼭 부탁하고 싶어서."

"바디에? 흠…… 문신처럼?"

"그래. 그렇게 생각해도 좋아."

"……가능하겠어? 야노?"

확실히 『레이브라의 마필』로 손에 그림을 그린 적이 있었다.

일단 가장 잘 아는 야노에게 물어봤다.

"가능할 것 같지만…… 그래도 난 하고 싶지 않거든……! 타카시로가 하라구!"

접근하고 싶지 않은 거군. 정말로 기겁하고 있네.

그게 이 변태 선배를 기쁘게 만들고 있건만…….

"그래, 그럼 맡을게. 그럼 어떤 디자인이 좋은가요?"

"하지만 기다려라. 바라건대, 가슴에 아름다운 한 떨기 장미를 부탁하고 싶다만."

"장미라— 아, 있네요. 괜찮아요. 어느 정도의 크기로?"

"주먹 크기 정도일까."

"어디어디, 그럼 시험 삼아 페인트를 해볼까요. 위치나 크기는 거기서부터 미조정하기로 하죠."

"잘 부탁한다."

그래서—.

"호오…… 하지만 기다려라. 이건 근사한 완성도로군—!"

공방에 놓인 미가공 전신 거울 앞에 선 변태가 포즈를 취했다.

등을 쫙 펴고, 조금 비스듬하게 팔짱을 낀 포즈.

그 가슴팍에 심홍색 장미 페인트가 비쳤다.

멋있는 로봇 같은 게 했다면 엄청 근사한 포즈였겠지만—.

이 사람이 하니까 수상한 느낌이 풀풀 나네.

멋있는 포즈를 모독하는 것에 지나지 않는다.

"뭐, 뭐어 괜찮지 않을까요……."

"만족스러워. 그럼 가격은 얼마지?"

"아, 으음. 신규 디자인은 아니고 페인트뿐이니까— 5000미라네요."

"하지만 기다려라. 이거 무척 싸군."

선배는 그렇게 말하며 5000미라를 건넸다.

"매번 감사— 합니다."

"그럼 나는 실례하기로 할까. 앞으로도 여동생을 잘 부탁하지."

"아, 이쪽으로 나가주셨으면 하는데요."

나는 공방에서 직통으로 밖으로 나가는 문을 가리켰다.

점포 쪽으로 가면 다른 손님이 기겁할 테니까.

가능한 한 보여주고 싶지 않다.

"하지만 기다려라. 알겠다— 그럼 이만!"

이거야 원, 겨우 돌아갔나—.

나는 후우, 한숨을 내쉬었다.

"여동생이라고 했지……?"

"저런 게 또 한 명 있다고……?"

"아니, 여동생은 아카바네 노조미거든— 풀 페이스 나체족이 아니라고."

"에에에에에엑?!"

"뭐엇?! 저게 그 예쁜 애의…… 거짓마아아아알?!"

"두 사람 다 캐릭터명 안 봤구나…… 뭐, 저 외모니까 무리는 아니겠지만, 다음에 만날 때 제대로 보면 알 수 있을 거야."

"……근데 힘들겠네. 오빠가 저런—."

"나라면 절대 싫거든! 저런 오빠……."

"뭐, 아카바네도 고생하고 있겠지."

여왕벌을 좋아하는 일벌이 따라다니고, 오빠는 왕변태니까.

잠시 코멘트를 들어보고 싶다.

아직 가게에 있을까? 잠깐 돌아가 보자.

"다녀왔어~."

우리 세 명은 길드숍 안쪽 공방에서 돌아왔다.

아카바네와 카타오카는 벌써 돌아갔는지 모습이 없다.

가게를 보던 아키라에게 물어봤다.

"아카바네랑 카타오카는?"

"벌써 돌아갔어~."

그런가. 그걸 어떻게 생각하는지 물어보고 싶었는데.

뭐, 다음 기회로 할까. 어차피 걔는 또 아키라를 만나러 오겠지.

"저기…… 아키라. 그 오라버니와 현실에서 만난 적 있어?"

"……으음— 뭐어, 몇 번 정도는. 그래도 묻지 않는 게 좋을 거야……."

아키라의 표정은 조금 파랬다.

뭐, 이 이상 묻지 않는 게 좋을까.

"그나저나— 여러 사람이 있네. 이 학원……."

"그러게. 얼마 전 듀얼 대회에서 본 쌍둥이 선배도 대인전 충에 아이템충이잖아? 상급생은 캐릭터성이 너무 진하다구."

"3년 정도 되면 자신의 플레이 스타일도 굳어져서 각자 그것에 몰두하는 거겠지."

"그래도 유키노 선배랑 호무라 선배랑 류타로 선배를 같이 비교하는 건 불쌍해 보여."

"류타로 선배?"

"풀 페이스 나체족 씨의 이름."

"아, 아래쪽 이름까지는 기억하지 못했었어. 신경 쓸 여유가 없었다고나 할까……."

"뭐, 그걸 보고 있으면 타카시로가 귀엽게 보이구……."

"충격적이었지—."

"마초는 좋아하지만, 아무리 그래도 저런 건 스샷에 남기고 싶지 않네……."

다들 어안이 벙벙해져서 폭풍이 지나간 것처럼 기운이 없었다.

그런 가운데, 다시 가게 입구 문이 열렸다.

오. 손님인가. 자, 마음을 다잡고 장사 장사!

""""어서 오세요~!""""

네 명의 큰소리가 하모니를 이뤘다. 다들 악몽을 빨리 잊고 싶은 거겠지.

"어머, 활기 넘치는 가게네요."

찾아온 것은 플레이어가 아니라 NPC 손님이었다.

두 명 일행이고, 한 명은 눈가 깊숙이 후드를 눌러 쓴 소녀.

키를 보아 나이는 15, 16세 정도의 설정인가?

후드 끝에서 흘러나온 긴 머리는 반짝이는 것처럼 아름다운 은발이었다.

캐릭터 이름은— 릴리구나.

다른 한 명은 유랑 전사풍의 키가 큰 여성 캐릭터. 등에 창을 메고 있다.

이쪽은 후드는 쓰지 않았고, 조금 곱슬한 갈색 머리의 미인이었다.

캐릭터 이름은 아니타 씨다. 나카타 선생님과 비슷한 나이라는 느낌이다.

"자유롭게 둘러보세요."

아키라가 말을 걸자 릴리 쪽이 활기차게 대답했다.

"네~에. 고마워요♪"

"고— 아뇨, 아가씨. 남들 앞에서 너무 목소리를 내지 마시길······!"

"괜찮지 않을까요. 나우하고 영한 화제의 가게에 직접 찾아오다니— 이런 기회는 오랜만이라고요······!"

"아아아아아그만둬주세요, 말하지 말아주세요······!"

뭐라 소곤소곤 말하고 있네.

뭐지, 신분 높은 사람의 잠행 같은 느낌인가······?

근데 『나우하고 영한』이라니······ 저 언어 센스는 대체 뭐지.

그 말을 들은 우리는 무심코 얼굴을 마주 봤다. 대체 언제적 말이야.

굳이 이런 특징을 붙여놓은 걸 보면, 꽤 중요한 NPC로 보인다.

캐릭터에 공을 들였다는 느낌! 분명 사어(死語)를 쓰는 미소녀로구나!

그렇게 릴리는 콧노래를 섞으며 가게 안을 돌아다녔고—.

어느 상품에 흥미가 있는지 그걸 들고 이쪽을 돌아봤다.

"이건, 뭘 위한 거죠?"

그녀가 든 것은 내가 기획한 『괴롭히지 말아줘 실드』였다!

몰래 『마초 아머』시리즈와 매상 경쟁을 하고 있는지라 아키라가 불만스럽게 혀를 찼다.

나는 기뻐하면서 그녀에게 설명했다.

"안목이 높으시군요! 그건 말이죠. 울먹이는 미소녀를 전면에 내밀어서, 그걸 본 상대가 공격하기 어려워지는 효과가 있답니다!"

"어머, 즉 정신공격 용도네요! 상대의 멘탈을 초베리바에 빠뜨리다니 무섭네요……!"

초베리바……?

아키라를 보자 고개를 내저었다. 야노도. 모르나 보다.

"초 베리 배드(Very Bad)를 생략한 거야."

오오, 마에다가 알고 있었다.

"용케 알고 있네……."

"이건 오히려 잡학 범위네. 퀴즈 게임 같은 데서 가끔 나와."

아아, 그렇군―. 역시 우리의 학력왕.

"재미있는 용도의 장비네요. 아니타, 이게 있으면 당신의 업무에도 도움이 될까요?"

"요, 용서해주세요……! 부끄러워서 반대로 이쪽이 기가 죽어버리고 말 겁니다."

"어머, 이 디자인은 귀엽다고 생각하는데요……?"

"아뇨, 그런 문제가 아니라……."

"어머, 이쪽도 재미있네요! 이건 어떤 효과인가요?"

아, 이번에는 『마초 아머』에 흥미를 보였다!

아키라가 기뻐하며 해설했다.

"우락부락한 근육을 과시함으로써, 약한 상대는 보기만 해도 전의를 상실하는 효과예요!"

정말이냐, 거짓말 같은데! 그냥 취미로 그랬을 뿐이잖아.

내 『괴롭히지 말아줘 실드』와 설명이 겹쳐버렸다고. 치사하기는!

내 건 정말로 효과가 있다고 생각하지만, 이쪽에는 없을 거다.

"어머. 그럼 이쪽도 정신공격 용도―! 그럼 양쪽을 같이 장비하면, 빛과 어둠이 양쪽 갖춰져서 최강으로 보이는 게 아닌지?"

""보이네요!""

나와 아키라의 대답이 겹쳤다. 그야 팔렸으면 하니까!

"그렇겠죠! 그럼 아니타, 언제나 노력하는 당신에게 이걸 선물해주려고 해요. 잠깐 입어봐 주세요."

"네엣?! 제가 말인가요……?"

"네. 저쪽에 시착실이 있잖아요? 점원 씨, 잠깐 쓰게 해주세요."

""오시죠 오시죠!""

"우우우우……."

어깨를 떨군 아니타 씨가 시착실로 들어갔다.

저 사람도 꽤 고생하는구나.

"처, 처음으로 팔릴지도……! 『마초 아머』가!"

아키라가 흥분해서 눈을 반짝반짝 빛냈다.

『괴롭히지 말아줘 실드』는 이미 호무라 선배나 몇 명이 샀으니까.

지금 시점에서 영업 성적은 내가 웃돌고 있다.

그렇게 불쌍한 아니타 씨가 갈아입는 걸 기다리고 있는데―.

―탕!

가게 문이 힘차게 열렸다!

뭐지, 그렇게 초조하게 달려오지 않아도…….

들어온 것은 세 명의 남자. 이쪽도 NPC. 모두 시커먼 옷이고, 얼굴도 가렸다.

"어서 오—."

말이 끝나기도 전에 남자 중 한 명이 바닥에 뭔가를 던졌다!

퍼엉!

파열음. 그러자 뭉게뭉게, 엄청난 기세로 연기가 솟구쳤다.

"앗! 뭐, 뭐야······?!"

"에에에엑?! 갑자기 뭔데?!"

"아무것도 안 보여······!"

"혹시, 도둑인 거야?!"

순간 가게 안이 연기로 가득 차서 시야가 막혀 보이지 않게 되었다.

"무슨 일이냐?!"

아니타 씨가 시착실에서 뛰쳐나오는 기척.

"창문 열자, 창문!"

나는 창문으로 다가가려 했다.

그런 가운데, 릴리의 목소리가 들렸다.

"꺄아아아아아아아?! 머, 먼저 도롱할게요오오오오오!"

탕! 하고 다시 문이 닫히는 소리.

"아가씨?! 아가씨~~?!"

연막이 약간 옅어지면서 가게 안이 보이게 되었다.

그러나 그곳에 릴리의 모습은 없었다.

이봐이봐어이, 유괴냐······?! 대체 무슨 일이야?!

"크, 큰일이 벌어졌다······. 아가— 아니, 공주님이······!"

공주님이라고?!"

삐로롱 삐로롱

갑자기 시스템 알림음이! 그리고 메시지도 표시되었다.

한정 퀘스트 『잠행한 왕녀님 유괴 사건』이 발생했습니다.

【퀘스트 개요】

    나우하고 영한 화제의 가게에 티르나 왕가의 리엘리즈
    공주가 찾아왔다!

    그러나 공주는 수수께끼의 집단에게 납치되고 만다.

    공주를 무사히 되찾아야 한다―!

    자칫하면 길드숍의 평판에도 영향을 주고 만다……!

【발생 조건】

    퀘스트 발생 판정 때 길드숍을 가장 번성시킬 것

""""한정 퀘스트?""""

우리는 일제히 목소리를 높였다.

『레이브라의 마필』 파워로 길드숍을 유행시켰던 게 트리거
였던 건가.

    우리에게 나오지 않았다면 다른 길드에 퀘스트가 발생했

겠네.

이건 급전개다! 완전히 상정 외의 일이 일어나버렸어!

"아, 아무튼 쫓아가야—! 너희들! 괜찮으면 협력 부탁해도 되겠나?!"

"알겠습니다! 쫓아가죠!"

우리는 아니타 씨와 함께 가게를 나와 탐색을 시작했다.

바로 가게를 닫고, 유괴범을 쫓자.

내 후드 안에서 자고 있던 류도 깨워서 내 머리 위에 올렸다.

"미안하다! 아까 은발 소녀를 데리고 있는 흑의의 집단이 지나가지 않았나?!"

아니타 씨가 통행인에게 호소하자, 꽤 많은 인원이 반응해 주었다.

"저쪽으로……!"

"고맙다! 가자, 너희들!"

아니타 씨와 함께 목격 증언을 따라 추적했다.

"릴리 씨는, 공주님이었네요……!"

아키라가 달리면서 묻자 아니타 씨가 끄덕였다.

"그래— 그분은 리엘리즈 폰 티르나 님. 이 부유도시 티르나 왕가의 공주님이다……! 나는 그 호위를 맡고 있는 기사 아니타 아세스. 잠행이었기에 변장하고 있었다만……!"

"그 녀석들 아무 망설임도 없이 리엘리즈 님을 납치해갔네요."

내가 말하자 아니타 씨는 고개를 끄덕였다.

"그래. 미행하고 있다는 기척은 없었다만……!"

"그렇다면 매복하고 있었다는 거겠죠?"

"있을 법하지—. 공주님이 밀행으로 여기에 오신다는 건 극히 일부 주변인밖에 모를 거다. 그 극히 일부 중에서 내통자가 있었나……!"

"범인 중에 짐작 가는 사람은?"

"너무 많아서 오히려 짐작이 가지 않는군……! 티르나 왕가의 공주는 그 존재만으로도 누가 노리더라도 이상하지 않아. 세계 제일의 권위와 기술을 가진 왕가니 말이지."

아니타 씨의 말대로, 이 세계의 파워 밸런스는 그렇게 되어있다.

천상의 부유도시에 거하는 티르나 왕가는 지상의 각국을 직접 지배하지는 않지만, 그 특출한 기술력을 배경으로 한 권위로 인해 세계의 맹주 같은 존재가 되어있었다.

그런 식으로 정보 수집을 하며 잠시 나아가다가—.

우리는 점점 부유도시 티르나의 항구 구역으로 다가갔다.

정기선 등의 대형 비공정이 출발하는 큰 부두가 아니라, 초라한 창고 거리의 일부다.

그곳을 걷던 현장 작업원풍 NPC에게 아니타 씨가 물었다.

"실례! 흑의의 집단이 여기를 지나가지 않았나?!"

"아아, 그거라면 저쪽 창고와 창고 사이의 골목으로 들어 갔는데. 방금 전에."

"좋아, 가깝다! 쫓아가자!"

골목으로 들어갔다. 그러자—.

리엘리즈 공주로 보이는 사람을 안은 검은 옷들이!

"있다! 따라잡았다!"

아니타 씨가 목소리를 높였다.

"공주님! 지금 구해드리겠습니다!"

그게 들렸는지 저쪽에서도 반응을 보였다.

공주를 안은 한 명은 그대로 달리고, 나머지는 발을 묶기 위해 이쪽을 요격할 자세다.

유괴범   레벨 50×2   왕관 아이콘(레어 몬스터)

이름은 그냥 그대로네. 어떤 의미로는 너무 대충이라고나 할까, 엉성하다고나 할까…….

문제는 레어계 몬스터 취급이라는 점이다.

뭐, 한정퀘니까 이렇게 되는 건 이해하지만.

"저 녀석들은 우리가 묶어놓을 테니까, 아니타 씨는 공주 님을 쫓아가 주세요!"

"미안하다! 그러도록 하마!"

"다들 그렇게 됐으니까 잘 부탁해!"

"오케이! 일단 레어 같은 적이니까 기념 스샷을!"

아키라가 『마도식 영사기』로 찰칵.

뭐, 평소와 같은 아키라 씨라 안심했다. 이상한 긴장 같은 건 없는 모양이고.

"알았어. 타카시로!"

"레벨 50의 레어계라…… 이기면 좋겠네."

"내가 두 명 낚아올게!"

"부탁해, 아키라. 마에다와 나는 『매직 인게이지』를 시험해볼까."

"그러게. 맞으면 클 거야―. 근데 빗나갈 것 같은데."

"그렇겠지. 뭐, 일단 해보자."

나와 마에다의 검증에 의하면, 레어계 몬스터에게 서클 플러스 『디아볼릭 하울』은 통하지 않았으니까. 여기도 그럴 가능성이 높다.

이건 그걸 감안한 상태에서 시행하려는 거다.

진짜는 역시, 아키라가 낚아온 뒤에 『데드 엔드』겠지.

"그럼 통한다면 이후에는 맡겨줘!"

"그럼 갑니다~! 자아자아!"

아키라가 『스카이 폴』을 2연속으로 휘둘렀다.

충격파가 발생해서 좌우에 선 적들에게 각각 착탄했다.

공격을 받은 유괴범들은 아키라를 향해 다가오려 했다.

그 틈에 아니타 씨가 달려갔다.

"뒤를 부탁한다!"

좋아, 붙잡아달라고— 아니타 씨!

우리는 우리대로 이 적들을 정리해야지.

레벨은 두 배에 가까운 데다 레어계 몬스터다.

레어계 몬스터는 같은 레벨이라도 일반 배치 몬스터보다 꽤 강한 경향이 있다.

일반적으로 배치되는 적이라면 얼마 전 아우미슈르 대고 분에서 레벨 80 정도의 녀석을 해치웠었다.

이번에는 어떨까—?!

"마에다!"

"응!"

우리는 손에 손을 맞잡고—.

""『매직 인게이지』!""

그리고 나는 『디스트라 서클』.

마에다는 『디아볼릭 하울』을 각각 영창.

마법진에서 나온 드래곤 헤드가 두 유괴범에게 꽂혔다!

렌과 코토미의 매직 인게이지가 발동! 유괴범은 저항했다!
렌과 코토미의 매직 인게이지가 발동! 유괴범은 저항했다!

우와, 역시 안 되나!

"안 되네……!"

"그럼 전환해서 『데드 엔드』로 가자! 야노, 지원 부탁해!"

"아이아이!"

나는 광범위 『디스트라 서클』을 전개. MP를 비웠다.

그리고 아키라에게 공격을 가하려는 유괴범 중 한 명을 향해 사이드에서 치고 들어갔다.

"『데드 엔드』으으으!"

렌의 데드 엔드가 발동. 유괴범에게 2622의 대미지!

HP 게이지도 쭈우욱 줄었지만―.

그래도 줄어든 것은 3할 남짓 정도였다.

꽤 HP가 높네⋯⋯!

야노가 곧장 내게서 어그로를 이어받았다.

"『길티 스틸』!"

내가 벌어놓은 어그로를 야노가 가져갔다.

이걸로 아키라와 야노가 일대 일로 한 명씩 유괴범을 맡아주는 구도가 되었다.

그러나―.

"레, 렌 조금 위험해⋯⋯! 이 녀석 꽤 강해!"

아키라가 적에게 밀리고 있다⋯⋯!

공격이 그리 통하지 않는 건 둘째 치고, 일격마다 받는 대미지가 너무 크다.

이래서는 댄스의 회복량과 대미지의 수지가 맞지 않는다.

_{아츠 포인트}
AP가 고갈되고 말겠지.

"아야아아앗~. 역시 정면에서 맞붙으면 레벨 차이가 너무 영향이 크다구—."

으음. 야노도. 이거 버겁네—!

이 퀘스트는 적이 강하잖아……!

하지만 당연할지도 모른다.

발생 조건이 길드숍을 유행시키는 건데, 갓 만든 영세 길드의 가게가 이렇게 유행할 리가 없으니까.

원래대로라면 이 퀘스트는 좀 더 힘 있는 대형 길드에게 발생했어야 한다.

그에 맞춰서 난이도도 조정했겠지.

그런데 이 봄의 신작 아이템 『라이브라의 마필』과 디자이너 야노의 센스에 힘입어, 만든 지 얼마 안 된 우리 길드에게 넘어오고 말았다.

그래서 우리하고는 난이도가 어울리지 않는 거다. 미스매치다.

하지만— 그래서 실패했다고 할 생각은 없다고!

저레벨 제약, 아주 좋다 이거야!

아직 쓸 수 있는 방도는 있어……!

나는 바로 옆에 떠 있는 류에게 지시를 내렸다.

"류! 야노에게 안겨!"

"큐우!"

류가 야노에게 날아갔다.

나는 지시를 날리고는 즉시 『디어질 서클』 영창에 들어갔다.

"『디어질 서클』!"

『타깃 마커』 효과로 인해 류가 서클의 빛을 둘렀다.

그대로 야노에게 도착.

"야노, 달려. 고!"

"알았어~!"

야노가 적에게서 등을 돌려 달렸다.

가슴에 안은 류를 중심으로 퍼지는 『디어질 서클』에는 둔화 효과가 있다.

유괴범은 달리는 야노를 따라잡을 수 없다.

이걸로 야노는 상처 없이 버틸 수 있다―!

"아키라도 야노와 나란히 달려줘!"

"알았어! 『호크 스트라이크』!"

높이 뛰어올라 거리를 벌리고, 단숨에 야노와 나란히 선 위치에 착지.

야노와 나란히 달리면 두 명 모두 서클 범위 안에 몸을 두게 된다.

이걸로 두 사람 모두 상처 없이 유지할 수 있어……!

그리고 아키라에게는 탤런트 『투신의 숨결』이 있다.

내버려 두면 AP가 자동으로 회복된다.

나와 야노의 스킬 재사용 대기시간도 줄어든다.

즉, 상황의 호전을 바랄 수 있다.

"좋아, 두 사람 다 마라톤이야! 힘내!"

아키라와 야노가 주변을 빙글빙글 돌았다.

그걸 쫓아가는 유괴범 두 명까지 해서 네 명이 술래잡기다.

그러는 와중에도 아키라는 거리가 벌어지면 때때로 발을 멈췄다.

즉시 돌아보며 『스카이 폴』을 일섬, 충격파를 날렸다.

그게 적에게 가하는 대미지는 결코 크지 않았다.

그러나 공격이 맞으면 AP를 벌 수 있다.

이건 AP를 목적으로 한 행동인 것이다.

"렌! AP 200 찼어! 『검의 춤』가능해!"

"알았어! 그럼 이쪽으로!"

"응, 『검의 춤』!"

빙글빙글 스핀을 돌며 숙이고, 벌떡 일어나 검을 드는 멋진 포즈.

우아하고 날카로운 검무의 움직임이지만, 아키라가 하면 귀여움이 앞선다.

내 몸이 반짝반짝 동화 같은 빛에 감싸였다.

이걸로 내 스킬이 재사용 가능해졌다.

오의 한 방 더 쓸 수 있다고요! 바로 『지팡이칼』을 합성해서 준비했다.

"야노의 『길티 스틸』의 재사용 시간을 기다려서 한 방 더 가겠어!"

내가 『검의 춤』을 받은 이유는 나의 『턴 오버』, 『파이널 스트라이크』는 재사용 대기시간이 5분인 반면, 『길티 스틸』은 3분이라 내가 더 길기 때문이다.

『길티 스틸』의 재사용 대기시간은 앞으로 1분 정도일 거다.

우리는 한동안 마라톤을 이어갔고—.

"좋았어, 왔다! 날려버려도 돼!"

"이쪽도 『검의 춤』 한 번 더 할 수 있어!"

"오케이! 그럼 사양 않고!"

『데드 엔드』 두 방째!

촤아아아아아아아아악!

"『길티 스틸』!"

"『검의 춤』!"

"『지팡이칼』 합성!"

아니, 이건 입 밖으로 내지 않아도 되지만, 기분상 흐름으로.

"에서—!"

그때 아키라가 추임새를 넣어줬다.

뭐, 이 흐름은 이미 우리 파티가 공통적으로 이해하고 있으니까.

"마무리『데드 엔~~드』으으으!"

촤하아아아아아아아아아아악!

렌의 데드 엔드가 발동. 유괴범에게 2622의 대미지!
렌은 유괴범을 쓰러뜨렸다.

"좋았어……! 할 수 있어!"

역시 이동하는『디어질 서클』을 이용한 마라톤 전술은 강하네!

류가 없으면 할 수 없는 전술이지만, 덕분에 격이 높은 적도 이길 수 있다.

역시 수호룡은 유능하다니까!

"또 하나도 이걸로 가자—!"

그 전에— 갑자기 팡파르가 울려 퍼졌다.

레벨 업 소리다!

아, 그런가. 일반적인 잡졸 몬스터는 아무리 레벨차가 나도 두당 경험치 상한이 정해져 있다. 이게 레벨차로 판정되는 일반 경험치.

그러나 레어계 몬스터는 개체마다 설정된 고정 보너스 경험치를 갖고 있어서, 쓰러뜨리면 그게 인원당 지급된다.

이름은 시시하지만, 레벨로 따지면 상당히 격이 높았던 레어계다.

전원에게 두 번씩 팡파르가 울려 퍼지게 되었다.

이걸로 레벨은 나 32, 아키라 32, 마에다 33, 야노 35가 되었다.

"겨, 경험치 짭짤하네……!"

"응! 짭짤하네! 이제 메○ 슬라임 같은 무언가로밖에 보이지 않아!"

"이 적은 그렇게 귀엽지 않지만……."

"아무튼 해치우자!"

"""오~!"""

이렇게 같은 시퀀스를 밟아 다른 한 명도 격파!

레벨이 나 34, 아키라 34, 마에다 35, 야노 36으로 상승!

"좋아, 쓰러뜨렸다~!"

"크헤헤헤헤. 좀 더……! 좀 더 원한다구우우우!"

"아, 유우나가 조금 망가진 것 같아."

"레벨 업, 좋아하니까……."

"또, 또 한 명 있었잖아, 응! 아니타 씨가 쓰러뜨리기 전에 쓰러뜨리러 가자구!"

"아, 으응…… 어차피 쫓아가야 하니까!"

우리는 아니타 씨를 쫓아서 골목을 나아갔다.

이윽고 반쯤 무너져가는 폐창고에 도착했고— 그곳에 아니타 씨가 있었다.

마지막 유괴범은 이미 격파했는지 이 자리에 없었다. 야노에겐 유감이군.

"아니타 씨! 공주님은……!"

아니타 씨는 로브를 걸친 인간 그림자를 끌어안고 우두커니 서 있었다.

"그래…… 이걸 봐다오!"

내던졌다. 공주님에게 굉장한 짓을 한다고 순간 놀랐지만, 바로 이유를 알아챘다.

그건 꿈쩍도 하지 않는— 인형이었던 것이다.

"당했어……! 이쪽은 양동이었던 것 같다—!"

이럴 수가! 이거 이제 어쩌냐고……?

그 후— 아니타 씨는 임금님에게 보고해야 한다며 성으로 돌아갔다.

우리는 길드 하우스로 돌아와 다시 한 번 공주님을 수색했지만 성과는 없었고…….

그러나 퀘스트 리스트를 보니, 퀘스트가 실패로 끝났다는 표시가 없다.

그러니까 아직 사태는 진행 중이다.

이날은 시간 초과를 맞이했지만, 내일 다시 찾아보기로 하자.

그리고 다음 날—.

"영차……! 오늘도 퀘스트를 계속……."

로그인한 내가 길드 하우스에 내려서자—.

""움직이지 마라!""

느닷없이 창을 내민 다수의 NPC 병사에게 둘러싸였다.

"대장님! 수상한 녀석을 발견했습니다!"

"뭔데?! 여기는 우리 길드 하우스라고!"

그때 대장으로 보이는 조금 호화로운 갑옷을 입은 수염 아저씨가 찾아왔다.

"미안하지만 왕명으로 길드 하우스를 일시적으로 접수하도록 하겠다."

"뭐엇?!"

"어제 여기서 일어난 일을 모르지는 않을 텐데? 우리는 철저하게 현장을 조사하여 단서를 찾으라는 명을 받았다. 그게 끝날 때까지, 아무리 네가 길드 마스터라 해도 접근할 수 없어."

"으음……!"

어제의 그거, 역시 아직 계속되는 중이네.

아니타 씨는 그 후에 어떻게 됐지……?

"원래대로라면 사건에 가담한 혐의로 너나 길드 멤버의 신병을 구속할 수도 있다. 그러지 않은 것도 양심적이라고 생각해라. 세계 최고 학부인 레이그란트 마법 학원의 학생이 그런 일에 가담할 리가 없다고 믿고 있으니까."

"……알겠습니다. 그런데 아니타 씨는 어떻게 됐죠?"

"아니타 님은 투옥되었다."

"네엣?!"

"만약 그분이 거짓 증언을 하여 사건에 가담했다면 중죄이고, 그러지 않았더라도 공주님을 빼앗긴 실책은 변명할 여지가 없지……."

"으으으음— 그렇군요……."

"우리는 원래 아니타 님의 부하다. 어떻게든 공주님을 구출하여 아니타 님을 옥에서 꺼내드리고 싶다. 그러니 너도 협력해다오. 우리를 번거롭게 하지 말아줬으면 좋겠다."

"알겠습니다. 뭔가 협력할 수 있는 게 있다면 말씀해주세요."

"그래. 미안하다."

그럼 일단 교실로 갈 수밖에 없나—.

류도 없으니, 먼저 길드원 중 누군가가 데려간 거겠지.

나는 학원 교실로 향했다—.

도착하자 이미 길드원들이 교실에 있었다.

류는 마에다가 안고 있는 것 같다.

"아, 렌! 좋은 아침~."

"좋은 아침, 타카시로. 류는 먼저 데려왔어."

"좋은 아침~. 타카시로도 길드 하우스에서 쫓겨난 느낌?"

"그래. 다들 안녕. 류를 데려와 줘서 고마워. 나도 쫓겨났어."

"그렇구나. 길마라도 그런가 보네……."

"길드 하우스를 빼앗긴 동안에는 가게도 못 여네."

"그거, 언제까지 점령하고 있을까?"

"잘 모르겠지만, 아니타 씨는 감옥에 들어갔다고 했으니까 내버려 두면 곤란할 것 같아."

"그러게. 퀘스트 정보를 봐서는 아직 실패하지 않았지만, 언제 될지 모르니까."

"역시 우리가 공주님을 찾는 게 나을까?"

"그렇겠지."

"근데 뭔가 단서라도 있어?"

"일단 나, 어제 적의 스샷 찍었는데?"

그때 아키라가 스샷을 프린트한 사진을 슬쩍 꺼냈다.

그곳에는 단검을 든 검은 옷— 그야말로 유괴범의 사진이 찍혀있었다.

"이걸 정보상에게 가져가면, 뭔가 알 수 있을지도?"

"오오, 좋네. 코토미! 내 스샷이 수사에 공헌하다니 가슴이 뜨거워져!"

"그리고 아니타가 뭔가 알고 있지 않을까~ 하는 느낌?"

"야노의 말대로, 그쪽 선도 있겠지. 양쪽 선을 다 쫓아가 보자. 우선 수업이 끝나면 길드 하우스의 모습을 보러 가고, 거기서부터 정보상에 들른 뒤에 아니타 씨에게 이야기를 들으러 가는 게 어떨까?"

"응. 오케이야."

"나도."

"여기도 마찬가지~."

좋았어, 방과 후를 기다리자.

수업은 제대로 받아야 하니까.

^{메리트 포인트}
MEP, MEP!

그리고 방과 후를 맞이한 우리는 길드 하우스의 상태를 보러 갔다.

그러나— 아침의 대장이나 병사 여러분은 아직 길드 하우스를 나갈 낌새가 없다.

이거 혹시, 퀘스트가 끝날 때까지 계속 이대로이기라도 한 건가?

어쩔 수 없기에 일단 가게에는 잠시 휴업한다는 종이를 붙여 놨다.

"어쩔 수 없지. 다음, 정보상으로 갈까—."

그때, 그런 우리에게 플레이어가 말을 걸었다.

"어라, 오늘은 쉬나요?"

"응……?"

"아, 노조미―."

아카바네였다. 카타오카도 당연한 듯이 붙어있다.

오늘도 아키라와 친해지기 위한 노력으로 온 건가.

하지만 가게가 언제 재개될지 모르니까 말이지. 미안하네.

그때, 내게 좋은 생각이 딩동! 하고 빛났다!

"실은 뭔가 길드숍 관련 퀘스트가 시작되어 버려서 말이지―. 끝날 때까지 길드 하우스 자체가 점령당하는 것 같거든. 그래서 한동안 가게도 쉬게 되었어."

"어머…… 그거 유감이네요."

"그렇게 됐으니까! 혹시 시간이 되면 퀘스트 같이 하지 않겠어?"

""에에에에에에엑?!""

아키라와 아카바네가 동시에 목소리를 높였다.

같이 모여서 퀘스트를 하면 화해도 빨라지지 않을까 해서 말이죠!

우리도 전력이 늘어나니까. 이건 윈윈인 제안 아닐까!

마에다와 야노와 카타오카는 상황을 지켜보는 자세다.

딱히 이의는 없어 보인다.

"자, 아카바네도 빨리 길드숍 재개하는 게 좋잖아?"

아카바네가 찬성하기 쉽도록, 변명을 생각해서 이쪽에서

제안했다.

이 아이의 본심은 아키라와 함께 퀘스트를 하고 싶다! 겠지만—.

그걸 솔직하게 말할 일은 절대 없을 거고, 아무런 생각도 떠오르지 않으면 도망칠 테니까.

찬성하기 쉬운 구실을 마련해주는 게 중요하다고 봤다!

자, 기쁜 주제에 어쩔 수 없다는 자세를 보이며 올라타도록 해라!

"흐, 흥……! 꼭 부탁한다고 한다면야, 힘을 빌려주지 못할 것도 없죠. 긴급사태잖아요?"

음, 낚였다! 어쩜 이렇게나 정석과도 같은 츤데레 발언일까.

그녀의 본심을 알고 있으니 조금 귀엽게 보이는군.

나는 아키라에게 살짝 귓속말을 했다.

"아키라도 말이지, 너희 둘이 라이벌 같은 존재인 건 알겠지만— 평소에는 라이벌이라도 극장판에서는 아군이 되기도 하잖아? 깨끗한 퉁ㅇ이처럼, 말이지……!"

내 예시에 아키라는 키득 웃었다. 조금 웃겼던 모양이다.

"후후후. 그럴지도. 그럼 모처럼이니— 렌에게 맡길게. 길드 멤버로서 길마의 방침에는 따라야 하니까~."

이렇게 아카바네와 카타오카를 넣어서 6인 파티가 결성되었다.

이 UW의 한 파티 상한은 6인까지다.

왠지 6인 파티는 처음일지도.

"그런고로 아카바네도 카타오카도 잘 부탁해!"

"그래요. 잘 부탁해요."

"그래……!"

카타오카가 쓸데없이 빠릿빠릿했다. 뭐야, 왜 그래?

그렇게 생각한 것도 잠시, 작은 목소리로 뭐라 중얼거리고 있었다.

"와아, 여왕벌이 잔뜩 있어……! 좋은 냄새네……!"

아니, 안 나거든! 이거 게임이잖아!

음식이나 향수 아이템은 냄새가 나지만 아무리 그래도 사람 냄새까지는 모른다고.

이 녀석 멋대로 머릿속에서 보정하며 좋아하고 있어! 위험한 녀석이라니까!

"야, 카타오카. 너 좀 똑바로 해달라고."

"알고 있다고! 물론이지!"

"정말이냐……. 뭐, 일단 바로 네게 묻고 싶은 게 있는데."

이 녀석, 이래 봬도 정보상 길드 널리지 레이크의 일원이니 말이지.

일벌로서 여왕벌에게 진력하고자 여러 정보를 얻기 위해 들어갔다고 한다.

"그래, 뭔데?"

"아키라, 그 사진 보여줘."

"응."

아키라가 어제 적을 찍은 사진을 꺼냈다.

"이 녀석들, 어디의 누군지 알겠어?"

"으응? 뭐야 이거?"

"지금 하는 퀘스트 관련 적이야. 어제 싸웠는데―."

퀘스트의 개요나 경위를 설명했다.

"한정 퀘스트인가요……. 그런 것도 있었군요. 어제부터 거리에 병사 NPC가 많은 건, 그런 사정 때문이었나요."

아카바네가 그런 감상을 남겼다.

"유행하는 길드숍에서의 한정 퀘스트는 드문드문 일어나. 매번 배리에이션은 다르지만…… 공주님이 유괴되는 패턴은 처음 듣네."

뭐, 매번 유괴될 리는 없을 테니까.

만약 그렇다면 너무나도 부자연스러워서 리얼리티가 없단 말이지.

이 게임 세계는 어느 의미로는 생물.

의지를 가진 NPC들은 독자적으로 세계의 역사를 자아낸다.

―그렇게 보일 정도로 만듦새가 굉장하다는 뜻이다.

그리고 플레이어의 행동이나 선택이 세계가 나아가는 방향에 영향을 준다.

초고성능 이벤트 제네레이터는 단순한 게임 이벤트 발생

기가 아니다.

하나의 다른 세계를 만들어내는 이야기꾼인 것이다—!

아, 네. 학교 측 설명을 그대로 받아적었습니다.

나로서는 재미있는 게임을 할 수 있다면야 그런 잡다한 일은 아무래도 좋지만!

"리엘리즈 공주를 찾을 단서가 되지 않을까 해서. 뭔가 모르겠어?"

"으~음, 이것만 봐서는 말이지. 우리 가게에 가서 데이터베이스에 액세스해보지 않으면 모르겠는데."

"그럼 가보자고!"

그렇다고 하니 『정보상 빅스 맥스』로 고~!

도착하자 오늘의 가게 점원은 콧수염이 난 남성 NPC였다.

오~ 역시 대형 길드는 가게 점원 NPC도 쓰는구나.

"어서 오세요— 아, 카타오카로군요."

"여어, 마크스 씨. 잠깐 조사해보고 싶은 게 있거든, 잠시 바꿔주겠어?"

"네. 상관없지요."

카타오카는 카운터 안으로 들어가 『디르의 마탁』을 조작했다.

"으음…… 이 적 유괴범이라는 이름이랬지?"

"맞아."

"비틀고 자시고도 없는 이름이네. 으음, 같은 이름의 적은 데이터베이스에 등록 없음…… 이라."

"이 손에 든 단검의 문장 디자인 같은 거, 단서가 되지 않겠습니까?"

옆에서 보던 NPC 마크스 씨가 그런 어드바이스를 줬다.

"이 문장 부분을 스캔으로 따서, 사진 데이터를 매칭 검색해보면 어떨까요?"

오오, 유능! 카타오카보다 빠르잖아, 마크스 씨.

우리도 유능한 가게 점원 NPC를 갖고 싶네.

"좋아, 그럼 해보겠어……!"

카타오카가 『디르의 마탁』을 바쁘게 조작했고—.

"음…… 나왔다!"

"오오? 어떤 정보야?"

우리는 일제히 카운터 위에 놓인 『디르의 마탁』의 화면을 주목했다.

"응. 카라나트 교주국(教主國)에서 쓰는 문장 같은데—."

"카라나트……?"

"미슈르 대륙의 신흥국이군요. 이웃나라 미슈리아와는 요즘 몇 번이고 충돌을 반복하고 있습니다. 이 부유대륙 티르나는 미슈리아와는 우호 관계가 깊으니까, 직접적인 적대관계는 아니더라도 잠재적으로는 그에 가까울지도 모릅니다."

마크스 씨의 해설 너무 고맙네.

"그럼 만약 그 녀석들이 얽혀있다면—."

"공주님, 카라나트로 끌려가 버린 걸까."

"티르나 안에서는 병사가 대량으로 수색하고 있으니까. 계속 잠복해 있었다면 벌써 발견됐더라도 이상하지 않아. 티르나 밖을 찾아보는 게 좋을지도 몰라."

"그럼 이 카라나트로 출장 나가자는 거야?"

"하지만 거기에 가더라도 범위가 너무 넓어서 어떻게 찾아야 좋을지……."

"『천마(天馬)의 눈』을 써보는 건 어떨까요?"

아카바네가 말한 것은, 던전 안에서 목표 인물의 위치를 빛으로 표시해주는 내비게이션 같은 아이템을 말한다.

파티 멤버가 떨어졌을 때 합류하기 위해 쓰는 건데―.

공성전이나 도시 방어 이벤트 등에서도 쓴다고 들었으니, 딱히 던전이 아니라고 해서 쓰지 못하는 건 아니다.

단, 파티 외 캐릭터를 찾으려면 여러모로 조건이 있다.

같이 파티를 맺은 시간이 일정 이상이거나, 그 캐릭터가 소유하던 아이템을 준비하거나―.

게다가 너무 거리가 멀면 『천마의 눈』도 역시 무효화된다.

적어도 같은 던전, 같은 도시 정도가 아니라면 효과가 없다.

"그렇다면, 뭔가 공주님에 관련된 아이템이 필요하겠네."

공주님과 파티를 맺지는 않았으니까.

만약 그걸 마련할 수 있다면, 카라나트로 가서 여러 곳에서 『천마의 눈』을 써서 수색해보게 될 거다.

"그럼 역시 아니타 씨를 만나러 가는 게 좋겠네."

아키라가 말했다.

그게 좋겠다. 아니타 씨라면 뭔가 공주님 관련 아이템을 갖고 있을 테니까.

"나머지는 『천마의 눈』을 마련할 수 있느냐— 인데."

"우리 길드 가게에 재고가 있어. 참고로 개당 5만 미라야."

"꽤 되네……!"

요 며칠 사이 길드숍 매상으로 100만 미라를 쌓아두긴 했지만…….

그걸 전부 쏟아부을 것 같은 예감……!

"그럼 공주님 관련 아이템을 마련한다면, 살까?"

"그러자."

"응."

"세상은 뭐든지 돈, 돈이라구."

그럼 뭐, 그렇게 됐으니— 다음은 아니타 씨를 만나러 왕성에 가자!

—그리고 왕성에 가서 아니타 씨와 면회.

안 된다고 할 줄 알았는데 의외로 바로 면회하게 해주었다.

우리의 게임 안에서의 위치는 이 티르나에 있는 레이그란트 마법 학원 학생인데, 이 위치가 일종의 특권 계급이라고나 할까, 사회적인 신용이 높은 것 같다.

부유도시 티르나의 미래를 짊어진 초엘리트. 세계가 자랑

하는 인재. 그런 느낌이다.

"그런가— 너희가 나를 대신해서 수색해주려는 거구나. 고맙다—. 그럼 이걸 가져가라. 공주님께서 직접 만드신 거다."

그렇게 말한 아니타 씨는 내게 실버 링을 건네주었다.

"……센스 한번 끝내주네요~."

재질은 비싸 보이는 실버인데, 앞부분이 대놓고 해골이란 말이지, 이게.

어딘가의 록밴드 같은 센스다.

그 공주님, 꽤 괴짜 같았으니까.

프린세스 스컬 링 (O)
종류 : 액세서리   장비 가능 레벨 : 1
특수 성능 : 습득 경험치 3배.

**   단, 레벨 업시 스테이터스 상승량이 1/3이 된다.**

습득 경험치 3배! 야, 이거 굉장해 보이네!

그러나 스테이터스 상승량이 1/3이라는 건—.

레벨 업 때 스테이터스 상승량이 3이라면, 1밖에 오르지 않는다는 건가?

그럼 2일 때는 어쩔 건데! 1 미만은 혹시 0인 건가?

즉, 3배 빠르게 3배 약한 캐릭터가 완성된다— 이건가?

뭐야 이게! 이런 건 못 써먹는다고! 미묘해! 저주받은 거냐!

뭔가 빠져나갈 길이 없을까 검증해보고 싶어지지만…….

습득 경험치 3배만큼은 어마어마한 효과니까 유감스럽다는 느낌이 장난 아니다.

"공주님을 지켜야 할 기사로서, 이걸 장비할 수는 없었다만……."

"뭐— 결과적으로는 약해지니까요."

"하지만 그 마음만은 감사하게 받아들여, 몸에 떼어놓지 않고 갖고 있었다. 이거라면 『천마의 눈』으로 탐색하는 데 쓸 수 있겠지. 뭐, 장비해도 상관은 없다만."

"아뇨…… 괜찮아요. 아무튼 빌릴게요. 감사합니다!"

아니타 씨에게서 아이템을 받은 우리는 『천마의 눈』을 구입하고 나서 미슈르 대륙의 나라 카라나트 교주국으로 향했다.

구입한 『천마의 눈』은 열 개로, 합계 50만 미라입니다.

내 합성 스킬이 좀 더 높았다면 자작할 수 있어서 더 싸게 입수했겠지만 어쩔 수 없다.

카라나트로 이동하려면 비공정을 써야 한다.

우리는 항구로 가서 정기선을 타기로 했다.

가본 적이 없으니까 처음에는 비공정으로 가야만 한다.

"우와아아~~! 역시 비공정은 기분 좋네~♪"

역시 절경 마니아는 이 광경을 참을 수 없는 것 같다.

깨끗한 하늘, 아래에 펼쳐진 바다, 그 모든 것이 선명한 블루.

부유도시와 그 주변 인공 부유섬이 우리를 배웅해주는 것만 같다.

"후후…… 당신은 언제나 그러네요―. 침착하지 못하게."

아카바네, 표정은 웃고 있으니까 딱히 악의는 없었던 거겠지.

그러나―.

"에에에에엑?! 나, 같이 비공정 같은 것에 타는 건 처음인데……!"

"―앗!"

아카바네가 아뿔싸라는 표정을 지었다.

응, 방심했군. 아카바네는 EF에서 몰래 같이 지냈으니까 아키라의 절경 마니아 기질도 알고 있지만―.

아키라 쪽은 그걸 모른다.

"……나를 감시하거나 그러는 건가요?"

아키라가 게슴츠레하게 아카바네를 바라봤다.

아아, 그런 방향으로 생각이 흐르는구나.

"아, 아뇨, 그게……."

YOU, 이제 털어놓으라고.

그러나 태클을 받으면 약한 아카바네는 약간 허둥지둥하며―.

"우, 우리 일벌이 마음대로……!"

아, 비서가 마음대로~ 같은 흐름으로 도망쳤다! 악덕 정치가냐……!

웃을 수 없어! 집안이 정치가도 하고 있다니까······!

"미안, 아오야기! 용서해줘! 괜찮을 거라 생각해서······!"

카타오카가 아키라에게 고개를 푹 숙였다.

어디까지 파악하고 있는지는 모르겠지만, 엄청난 순발력이다.

이 녀석 역시 프로 일벌이네.

"자자, 아키라. 저 녀석도 사과하고 있으니까—."

일단 지원을 해주자.

"아무튼, 그런 스토킹 같은 일은 앞으로 그만둬주세요!"

"알겠어요······. 알겠죠? 카타오카."

"네. 노조미 님!"

"자자, 그런고로 물에 흘려버리고 기념촬영이라도 할까?"

"······그러자! 그럼 류, 또 부탁해도 될까?"

아키라가 웃음을 되찾고 『마도식 영사기』를 류에게 건넸다.

"뀨뀨~♪"

이렇게 여섯 명이서 기념촬영을 하기로 했다.

"왠지 너희랑 비공정에 타고 있으니 『스카이 폴』 때가 떠오르네."

카타오카가 중얼거렸다.

"아~ 그런 일도 있었지. 뭐, 너희의 존귀한 희생 덕분에 얻을 수 있었다는 점에서는 감사하고 있어."

"그래, 한 명의 여왕벌이 그걸로 행복해졌다면 헛수고가

아니었어."

"아니, 여왕벌 아니라니까. 너랑 똑같이 취급하지 마."

그러나 카타오카는 완전히 무시했다.

"게다가, 신인전에서는 결승까지 남을 만큼 활약해주기도 했고."

"……그러고 보니 너, 아키라의 『엔젤 참』 장비 스샷 찍었냐?"

"그럼, 당연한 거 아냐?"

"……나중에 ZIP으로 줘."

"좋아."

"안 돼에에에에에에에~! 그만둬~! 그거 진짜로 부끄러웠으니까……!"

아키라가 새빨개졌다.

"확실히 그건 충격적이었다구……."

"응. 그러게—. 절대 흉내 낼 수 없어."

야노와 마에다도 떠올리자 자기가 부끄러워졌는지 조금 입을 어물거렸다.

"그런가요? 필요하다면 쓰면 되지 않나요?"

반면 아카바네는 태연해 보였다.

"에에엑?! 그게 괜찮아—?!"

"역시나 코토미…… 가족이니까, 오빠가 그거잖아?"

"아아, 그러고 보니 그러네—."

"그, 그게 아니에요……! 좋아서 그런다는 건 아니지만, 필요하다면 어쩔 수 없다는 뜻이에요! 저는 누가 본다고 부끄러워할 만한 건 갖고 있지 않으니까요."

스타일에 자신이 있으니까 누가 보더라도 괜찮다는 건가.

"역시 노조미 님! 나중에 가져올 테니 입어주세요!"

"네, 좋아요."

역시 수치심이 적은 건 핏줄 때문인 게 아닐까……?

빨리 화제를 바꾸고 싶은지 아키라가 다른 이야기를 시작했다.

"그러고 보니 렌, 이 항로에도 습격 이벤트가 있는 걸까?"

"음…… 모르겠네. 어때? 카타오카."

"응? 있어. 하지만 이쪽도 발생 자체가 확률이 낮지만……."

그러나—

"뭐, 뭐야 너희들……?! 우왓, 무슨 짓이야?!"

"우와아아아아아아아~~~~!"

NPC 선원들이 갑자기 비명을 질렀다.

목소리가 난 방향을 돌아보자, 그곳에는 다쳐서 쓰러진 선원들과, 얼마 전 유괴범과 비슷한 실루엣의 적이……!

손에 든 무기도 그 카라나트 교주국의 문장이 들어가 있다.

이건 호랑이도 제 말 하면 온다는 그런 건가……?!

본래의 습격 이벤트와는 다른 습격 이벤트겠지만……!

"이 녀석들이 여기서 덮쳐온다는 건, 우리의 방향성이 맞았던 거야! 돌파해서 이대로 앞으로 나가자고!"

내 호소에 다들 끄덕였다.

이번 적은 네 명. 이쪽도 두 명 늘었지만, 저쪽도 두 명 늘었다.

무기도 저번에는 두 명 모두 단검이었지만, 이번에는 격투무기인 너클, 검&방패, 창, 지팡이가 되었다.

아마 전혀 다른 전법을 보여주겠지.

그리고 이번에는 싸우는 장소도 좁다. 이 비공정 갑판에서는 마라톤 전술을 쓰기 힘들다.

레벨은 저번과 마찬가지로 50의 왕관 달린 군단이다.

이름은, 이번에는 멋있게 『흑의의 암살자』가 되어있었다.

이쪽 구성은―.

문장술사, 소드 댄서, 소드 댄서, 공적, 도적, 학자다.

도적 이외는 전원 노답스라니, 꽤나 엑센트릭한 구성이군.

이걸로 어떻게 이 격이 높은 적 파티에게 이길까―.

아키라나 야노가 정면에서 붙으면 가드 대미지가 버거워서 점점 밀리게 된다.

레벨차가 나는 데다 저쪽은 왕관이 붙어있으니까.

그건 아카바네나 카타오카도 마찬가지겠지.

진짜로 정면 승부를 하는 건 불리하다. 그리고 지형적으로도 마라톤은 힘들다.

우리 중에서 가장 대미지를 억제하면서 적의 공격을 버틸 수 있는 건―.

"야노, 미안.『패리 링』을 빌려줘. 내가 지팡이 든 녀석 말고는 발을 묶을게."

이거 원래 야노의 소유물이니까.

봄의 신인전 때는 빌렸지만, 끝나고 나서 돌려줬었다.

"자, 여~기."

"땡큐~! 마에다는 내 지원 부탁해! 아키라와 아카바네와 카타오카가 지팡이 든 녀석을 쓰러뜨려줘. 야노는 마에다 근처에서 지팡이 녀석을 공격하고. 만약 마에다에게 타깃이 가면『길티 스틸』로 지원 잘 부탁해!"

내가 세 명을 끌어들여서 버티는 사이 아키라 그룹이 하나하나씩 쓰러뜨리는 작전!

마라톤보다 위험도가 높지만, 할 수밖에 없다.

내가 하는 이유는 VIT 몰빵과『광신자의 지팡이^{내구}』로 가장 단단하기 때문이다.

제대로『광신자의 지팡이』를 다시 구입해놔서 다행이었다.

"─저쪽에서 오는 것 같아!"

아키라의 말대로 적이 저쪽에서 이리로 덮쳐왔다.

이 이상 이야기할 시간이 없다. 나는『광신자의 지팡이』를 장비하고 모두의 앞으로 나왔다.

"마에다,『리벤지 블래스트』부탁해!"

"응─!"

"『디스트라 서클』!"

나는 자기 주변에 『디스트라 서클』을 전개해서 기다렸다.

아우미슈르 대고분에서 했던 것과 같은 전법이다.

나는 가장 먼저 돌격해온 너클 든 녀석의 좌우 주먹질을 가드했다.

흑의의 암살자의 공격. 렌은 공격을 가드했다!
흑의의 암살자에게 11의 반격 대미지!
흑의의 암살자의 공격. 렌은 공격을 가드했다!
흑의의 암살자에게 11의 반격 대미지!

좋아, 가드 대미지는 입지 않는다.

가드 대미지를 입거나, 가드에 미스해서 대미지를 입으면 마에다는 내게 회복을 쓰지 않을 수 없게 된다.

그러면 회복 어그로 탓에 적이 마에다 쪽으로 가버린다.

그렇게 됐을 때를 위해 야노가 『길티 스틸』 대기를 하고 있지만, 그러면 이번에는 야노가 위기에 빠진다.

내게 도발계 스킬이 있다면 그걸로 어그로를 벌면 되겠지만, 그런 편리한 건 없다. 탱커 직업이 아니니까.

지금은 『데드 엔드』를 쏠 때가 아니고, 『리벤지 블래스트』의 반격 대미지로 약간이나마 어그로를 벌면서 적의 공격을 완봉할 기세로 받아내야만 한다.

꽤 난이도가 높지만, 할 수밖에 없어!

가장 난이도가 높은 게 세 명을 상대로 하는 전투 초반이다.

격투에 이어 검과 창의 공격이 왔다.

흑의의 암살자의 공격. 렌은 공격을 가드했다!
흑의의 암살자에게 11의 반격 대미지!
흑의의 암살자의 공격. 렌은 공격을 가드. 21의 대미지.
흑의의 암살자에게 11의 반격 대미지!

"음……!"

곤란한데. 『디스트라 서클』을 걸었는데도 가드 대미지를 받나……!

양손 무기인 창이니까 가드 브레이크 성능이 다른 것보다 높구나.

그나저나 이건— 이대로 가면 마에다가 회복을 쓴다⇒공격 목표가 옮겨지는 흐름이다.

창 든 녀석의 어그로를 내가 확실하게 벌어놔야—.

그런 내 상황과는 상관없이 아키라네는 지팡이 든 녀석에게 공격을 가했다.

"에이잇!"

스카이 폴 일섬. 지팡이 든 녀석에게 충격파가 날아갔다.

그리고 내게 모인 흑의의 암살자들과 스쳐 지나가서 혼자 후방에 남은 지팡이 든 녀석에게 돌진했다.

아키라와 아카바네가 지팡이 든 녀석을 포위하듯이 섰다.

한손검과 한손검에 의한 공격이 더해지니까 명중률은 나름 되는 것 같다.

7할 정도는 공격이 맞는 이미지.

레벨은 꽤 높지만 상대도 지팡이를 든 후방 타입이라 회피는 낮아 보인다.

야노가 떨어져서 쏘는 총격도 회피 무효이므로 팍팍 맞는다.

역시 총은 격이 높은 녀석에게 쓰기 어울리네.

그러나 그 이상의 활약을 보여주는 게 이 녀석이다—.

"『스케이프 고트』!『섀도 워크』!"

대미지 보너스가 붙는 어그로 떠넘기기 스킬『스케이프 고트』.

역시 대미지 보너스가 붙는 잠복 스킬『섀도 워크』.

이걸 겹치고—.

"『백스텝』!"

그리고 이것 역시 배후 공격으로 대미지 보너스가 붙는 아츠!

단검을 역수로 잡고 주먹을 올려치듯이 올려 베기 점프를 하는 모션이다.

신이치의 백스텝이 발동! 흑의의 암살자에게 1007의 대미지!

오오오오오! 저 녀석 대미지 꽤 뽑네!

돈도 날리지 않고 네 자릿수 대미지라니 제법이잖아……!

그리고, 저기는 소드 댄스 두 명이 있기에―.

"받으시죠―『검의 춤』!"

『스케이프 고트』와『섀도 워크』가 재사용 가능해졌다.

잠시 일반공격을 거듭하며 AP를 모으고, 다시―.

"『스케이프 고트』!『섀도 워크』!『백스텝』!"

신이치의 백스텝이 발동! 흑의의 암살자에게 1011의 대미지!

거기서 아키라에게서도 『검의 춤』.

신이치의 백스텝이 발동! 흑의의 암살자에게 1024의 대미지!

좋네. 두 댄서의 스킬로 회전수가 부쩍 올라갔다.

이건 나만 확실하게 버틴다면, 어떻게 되겠어―!

흑의의 암살자의 공격. 렌은 공격을 가드했다!

흑의의 암살자에게 11의 반격 대미지!

흑의의 암살자의 공격. 렌은 공격을 가드했다!

흑의의 암살자에게 11의 반격 대미지!

흑의의 암살자의 공격. 렌은 공격을 가드했다!

흑의의 암살자에게 11의 반격 대미지!

흑의의 암살자의 공격. 렌은 공격을 가드. 24의 대미지.

흑의의 암살자에게 11의 반격 대미지!

격투, 검, 창 순서대로 가드해나가면 역시 이렇게 된다.

그리고 내가 받는 대미지가 점점 축적되어갔다.

동시에 공격을 받지 않도록 움직이면서 가드로 버티고는 있지만, 창 든 녀석의 공격이 버겁다.

착실하게 내 가드를 깎고 있다. 내 남은 HP는 400 남짓이다.

"타카히로! 회복은……?!"

"아니, 아직 안 돼!"

지금 나를 회복시키면 적이 마에다에게 가버린다.

격투와 검 녀석은 아직 『리벤지 블래스트』의 반격 대미지 어그로가 축적되고 있으니까 회복해도 아직 나를 보고 있을지도 모르지만—.

창 든 녀석은 확실하게 마에다에게 갈 거다.

적개심=어그로는 대미지를 가하면 늘어나고, 대미지를 받으면 줄어드는 시스템이다.

반격 대미지와 가드 대미지를 비교하면 가드 대미지 쪽이 무겁다.

즉, 반격 대미지의 어그로는 가드 대미지의 어그로 하락으로 제로가 되고 있다.

지금 창 든 녀석이 나를 타깃으로 삼는 이유는 처음 공격 목표로 유도한 게 나라서 그런 것에 지나지 않는다. 누군가가 저 녀석의 어그로를 벌면 곧장 그쪽으로 가버릴 거다.

그건 피해야겠지……! 그걸 위해서는―.

나는 기회를 기다렸다.

창 든 녀석의 어그로를 확실하게 벌 기회를― 말이지.

그건 언제 찾아와도 이상하지 않다.

『리벤지 블래스트』의 반격 대미지로는 AP가 쌓이지 않는다.

그렇기에 격투와 검 든 녀석의 AP는 0일 거다.

그러나 창 든 녀석은 가드 대미지로 대미지를 입히고 있다.

그렇기에 AP가 쌓였을 거다.

그리고 그때가 왔다―.

흑의의 암살자는 스피닝 차지를 준비!

그 로그가 보이는 걸 기다렸다고!

야노에게 빌린 『패리 링』 덕분에 내 AP도 준비가 되었다!

"『윈드밀』!"

나는 창 든 녀석에게 등을 보이고 『윈드밀』을 발동! 높이 뛰어올랐다.

『스피닝 차지』를 발동한 흑의의 암살자가 돌진해서 발밑을

통과했다.

『윈드밀』은 전방으로 조금 나아가면서 높이 점프한다.

그러므로 나는 『스피닝 차지』로 돌진한 창 든 녀석을 쫓아가는 듯한 궤도로 착지했다.

이 순간, 창 든 녀석과 다른 두 명과는 거리가 벌어졌다.

나는 그 사이에서 약간 창 든 녀석 쪽에 가까운 위치에 자리 잡았다.

창의 아츠는 돌진계가 많으니까. 그 특성을 이용해서 진영 붕괴를 꾀한 것이다.

나는 즉시 주문을 영창!

"『디어질 서클』!"

광범위로 MP를 비우도록 발동하고 창 든 녀석을 향해 달렸다.

"마에다, 『데드 엔드』 간다! 장비 변경, 세트 B!"

장비를 『지팡이칼』로 변경해서 『데드 엔드』를 쏜다!

"『데드 엔드』!"

렌의 데드 엔드가 발동. 흑의의 암살자에게 2622의 대미지!

직후 마에다의 회복마법이 날아와서 내 HP는 크게 회복.

그러나 『데드 엔드』로 대폭 벌어들인 대미지 어그로 덕분에 적의 공격 목표는 변경되지 않았다.

좋아, 이걸로 확실하게 나를 타깃으로 잡았어! 이대로 버틸 수 있어—!

나는 장비를 『광신자의 지팡이』로 변경해서 같은 요령으로 적에게서 계속 버텼다.

창 든 녀석의 아츠는 『윈드밀』을 곁들여서 회피하는 것도 잊지 않았다.

이윽고 지팡이 든 녀석을 쓰러뜨린 아키라네가 검&방패를 가져가서 공격을 개시.

그걸 쓰러뜨린 뒤 다음은 너클 든 녀석.

마지막은 전원이 창 든 녀석— 순서대로 쓰러뜨렸다.

"좋았어 이겼다아아아아아! 다들 수고했어!"

"응, 해냈네!"

"네 명이었다면 위험했겠네. 여섯 명이라서 다행이야."

"우헤헤헤…… 경험치 맛있어 맛있어♪"

나 40, 아키라 40, 마에다 41, 야노 42까지 상승!

참고로 아카바네는 44, 카타오카는 41이다.

"노조미 님~! 해냈네요!"

"우리가 모인 이상 이 정도의 레벨차 따위는— 그래도 당신도 잘해줬어요."

"아싸~ 칭찬받았다!"

"오~. 은근히 카타오카가 가장 대미지를 뽑아줬으니까. 덕분에 빠르게 한 명 잡았으니 실수하지 않고 유지할 수 있었어."

"훗…… 봤냐. 나도 어엿한 일벌이야. 할 때는 한다고."

"그렇지만— MVP는 3대 1을 버텨낸 당신이에요, 타카시로. 역시 대단하네요. 나를 꺾은 만큼은 된다니까요."

"아싸~ 칭찬받았다!"

"자, 데레데레하지 말고~. 전리품 나왔거든?"

아키라가 소매를 잡아당겼다.

그렇다, 적을 쓰러뜨리자 커다란 보물상자가 떡하니 남아 있었다.

"……함정은 걸려있지 않은 모양인데."

"……나도 그렇게 보여."

도적과 공적이 그렇게 보장해줬다.

"그럼 아키라, 열어줄래?"

천성의 럭키 걸이니까. 뭔가 좋은 걸 뽑아줄 것 같다.

"오케이! 그럼 열게~!"

두근두근. 두근두근!

게임을 하면서 가장 두근두근한 순간 중 하나라니까. 보물상자 열 때.

아키라는 보물상자를 열었다!
보물상자에는 『너스 링』이 들어있었다!
보물상자에는 『러싱 링』이 들어있었다!

호오, 액세서리가 나왔다—.

너스 링

　종류 : 액세서리　장비 가능 레벨 : 40

　특수 성능 : 착용한 자에게 치유마법의 힘을 부여한다.

　　　　　　탤런트『습득의 증표 〈회복마법〉』과 동일한
　　　　　　효과.

러싱 링

　종류 : 액세서리　장비 가능 레벨 : 40

　특수 성능 : 착용한 자에게 자신의 몸을 적에게 부딪혀서
　　　　　　공격하는 기술을 습득하게 한다.

　　　　　　탤런트『습득의 증표 〈몸통박치기〉』와 동일한
　　　　　　효과.

"오오오오! 이거 좋은 거잖아! 역시 럭키 걸!"

"헤헷! 그렇지 그렇지? 이건 좋다고 생각해~!"

"이게 있다면 타카시로의 행동폭도 늘어나지 않을까?"

"응응. 잡졸 연전이나 난전에서는 공기가 되기 십상이니까, 거기서 도움이 되겠네."

"우리는 힘을 빌려주러 왔을 뿐이에요. 이건 당신들이 쓰

도록 하세요."

"노조미 님이 그렇게 말씀하신다면, 이의 없음!"

"그럼 렌이 저거 써~."

아키라의 말에 다들 고개를 끄덕여줬다.

그런가— 모두 나를 생각해서…… 고맙다, 고마워.

"다들— 감사함다! 그럼 쓰도록 하겠어……!"

이렇게 나는, 전리품이 든 보물상자에서『러싱 링』을 꺼냈다!

이야~ 이거 갖고 싶었다니까!

"""""""엥?! 그쪽?!"""""""

전원이 바로 태클을 걸었다!

"응? 뭔가 이상한 점이라도?"

"여, 여기서는 아무래도『너스 링』이 틀림없을 거라 생각했는데……!"

"맞아맞아맞아! 아무리 생각해도 쓸데없이 높은 MP를 살려야 한다구!"

마에다와 야노가 깜짝 놀라며 나를 제지했다.

"뭐, 확실히. MP를 쓸데없이 내버리는 상황이 많고, 레벨업을 위한 잡졸 연전에서는 무지 약하니까, 그럴 때 서브 힐러를 할 수 있는 건 약점 보강이 되긴 하겠지."

"그걸 알면서 넌 왜 그쪽이야? 회복마법은 일벌력이 높다고 생각하는데?"

아니, 일벌력이라는 게 대체 뭔지부터 의논을 나누지 않으면 말이 안 통하겠는데.

뭐, 카타오카 역시 의문인 모양이다.

"그야 당연하지. 나는 약점을 보강하는 파가 아니야— 장점을 살리는 파니까!"

"그럼 『러싱 링』이라면 장점을 살릴 수 있다는 거야?! 저기저기, 어떤 식으로?"

아키라가 뭔가 두근두근한 표정으로 물었다.

전부터 그랬지만, 내가 아키라가 생각하지 않았던 말을 꺼내면 기쁜 듯이 이유를 물어온다. 설명하는 보람이 있다니까.

"그야 그렇지. 격투의 몸통박치기계는, 공격력이 VIT 의존인 데다 회피 무효잖아! 단, 아츠 한 방마다 HP를 소비하지만……!"

격투계는 모션이 풍부하므로 기능이 네 계통으로 나뉜다.

주먹질, 발차기, 던지기, 몸통박치기다.

직업이 격투계라면 유파 선택이라고 해서 네 계통 중 두 개를 쓸 수 있게 된다.

그 이상은 탤런트나 장비로 늘릴 필요가 있다.

신인전에서 유키노 선배가 쓰던 건 발차기다.

메인 웨폰을 가지고 있으면서 발차기를 쓰는 건 모션의 폭을 늘리는 의미에서 무척 유용하다.

아마 인기는 주먹질과 발차기 2강이다.

주먹질은 격투가라면 대부분 익힌다.

그러나 발차기는 다른 직업이 서브로 쓰는 수요가 많다.

거기서부터 조금 뒤떨어지지만, 다음이 던지기다.

관절기 등도 포함되어 있어서 상대에게 디버프 효과를 주므로 묵직한 활약이 가능하다.

그리고, 솔직히 비인기인 게 몸통박치기. 이건 틀림없다.

왜냐하면 위력이 VIT에 의존하니까.

몸통박치기는 숄더 차지나 태클 같은 돌진계 모션을 가리킨다.

단단하고 무거운 울끈불끈한 녀석이 부딪히는 쪽이 아플 테니까 VIT에 의존하는 거겠지만—.

VIT는 기본적으로 탱커 말고는 본격적으로 올리지 않기 때문에, 탱커 말고는 진가를 발휘할 수 없다.

그러나 탱커가 쓰기에도 몸통박치기 공격 아츠가 자신의 HP를 소비한다는 특성이 방해를 한다.

탱커는 적의 공격을 받아내고, 당하지 않고 살아남는 게 지상 명제.

자기가 HP를 줄이는 행동은 리스크가 너무 크다.

회피 무효와 맞바꾸는 HP 소비겠지만— 탱커에게는 그 트레이드가 걸맞지 않은 것이다.

일반공격이라면 HP 소비는 없지만, 일반공격만 쓸 거라면 발차기로 하는 게 모션 연결도 좋고, 배리에이션이 풍부해서 아무리 봐도 상위 호환.

몸통박치기의 일반공격은 몸을 부딪치는 단발이라 모션의 빈틈도 크다.

하지만 여기에— 이런 녀석이 있다!

탱커도 아닌데 VIT 몰빵.

HP는 오의를 쓸 때마다 1까지 줄어드는 게 다반사.

회피 무효가 없으면 격이 낮은 녀석에게도 공격이 휙휙 빗나간다.

그러나 오의의 위력만큼은 압도적인 로망포.

네, 납니다. 정말로 감사합니다!

나라면 몸통박치기의 디메리트를 무시하고 메리트만 받는 운용이 가능하다.

무엇보다 몸통박치기라면 평범한 일반공격이 적에게 맞는다고…….

엄청 진화하지 않았어? 한 번이라도 좋으니까 나도 일반공격을 해보고 싶었다고……!

게다가 물론 아츠도 있으니까, 그것으로 로망포는 더욱 진화할 수 있을 거다!

솔직히 꽤 전부터 여기까지는 내다보고 있었다고……!

몸통박치기의 존재가 있기에 VIT 몰빵도 할 수 있을 거라 판단했다.

비인기인 암기와 비인기인 몸통박치기.

마이너스와 마이너스를 곱하면 플러스가 되는 거다!

나는 그런 소리를 뜨겁게 아키라에게 이야기했다.

예전부터 이걸 얻을 생각이었다. 그게 눈앞에 온 것이다. 고르지 않을 수는 없다.

사실은 다음 시험에서 힘내서 탤런트로 얻을 예정이었지만ㅡ.

미리 얻게 되어 럭키라고 할 수밖에 없다.

"그렇구나아……! 그럼 렌에게는 염원하던 몸통박치기를 손에 넣었다! 그런 느낌이야?"

"네! 바로 그렇습니다!"

"하하하하…… 그, 그렇게까지 눈을 반짝이면 나는 아무 말 할 수 없겠네~."

"그, 그러게…… 나도 딱히 쓰지는 않구ㅡ."

"마찬가지~. 근데 말이지, 『너스 링』도 가장 잘 활용할 수 있는 건 타카시로 아냐?"

"아니, 나는 이번에는 『러싱 링』으로 충분하니까, 야노가 『너스 링』을 가져가 줘. 원래 하던 성기사에 조금 다가가잖아."

"나 말야? 뭐, 앗키도 코토미도 회복 갖고 있으니까."

습득의 증표 〈회복마법〉을 익히면 공적처럼 MP가 없는 직업도 본직의 절반 정도 되는 MP가 추가된다.

얻기만 하면 나름대로 쓸만할 거다.

야노는 전직 성기사였으니까, 새로 마법 스크롤을 사서 익힐 필요도 없고.

"괜찮지 않을까? 회복이 있으면 솔로로도 여러모로 하기 쉬워질 거고."

"그럼 유우나가 가져갈래?"

"그래. 만약 뭐가 어떻게 돼서 필요할 때가 오면 빌려줘."

"오케이. 그럼 『너스 링』은 내가……."

그렇게 전리품 분배가 결정되자 마침 비공정도 목적지에 도착했다.

자, 『러싱 링』으로 끓어오르긴 했지만, 본래 목적을 달성해야겠지.

리엘리즈 공주의 탐색 개시다—!

다음 날 아침—.

나는 트리니스티 섬 1층에 있었다.

이른 아침의 이 시간, 여기는 나만 대절한 상태다.

그런 나를 열렬하게 환영하는 아일랜드 버니 사부님 수십 마리가 공격을 걸어왔다.

아일랜드 버니의 공격. 렌은 공격을 회피했다.

아일랜드 버니의 공격. 렌에게 1 대미지.

아일랜드 버니의 공격. 렌에게 대미지를 주지 못했다.

이런 느낌의 로그가 폭포수처럼 쏟아졌다.

뭐랄까, 수십 마리를 대량으로 끌어와서 놀고 있는 겁니다.

역시 이 게임에서 내 고향은 여기다.

대상을 고르지 않는 검증이나 실험을 할 때는 역시 여기로 발을 옮기게 된단 말이지.

그럼—.

"이얍! 먹어라, 나의 일반공격을!"

『지팡이칼』을 손에 든 나는 아일랜드 버니 사부님에게 어깻죽지를 내밀고 돌진.

격투·몸통박치기계의 유일한 일반공격, 단순한 숄더 차지다!

렌의 공격. 아일랜드 버니에게 153의 대미지.
렌은 아일랜드 버니를 쓰러뜨렸다.

음. 괜찮은 대미지가 나오네!
단발이지만 회피 무효고, 이거라면 HP도 소비하지 않는다!
이어서 『지팡이칼』로 다른 녀석을 때려봤다.

렌의 공격. 아일랜드 버니에게 55의 대미지.
렌은 아일랜드 버니를 쓰러뜨렸다.

대미지가 전혀 다른 건에 대해서. 역시 VIT에 몰빵한 게 영향이 있네.

회피 무효도 붙어있으니까 모션이 맞으면 확실히 맞고.

『지팡이칼』을 휘두르는 쪽은 DEX가 너무 낮아서 적이 조금만 강해도 다 피하는 데다 위력도 이 정도다.

음, 역시 일반공격 성능은 극적으로 올라갔네! 기존에 비해서지만!

좋았어, 다음은 아츠를— AP는 이미 모여있다.

"『윈드밀』!"

거리를 벌렸다.

한 반 정도 모인 아일랜드 버니 사부님이 와글와글 나를 쫓아왔다.

나는 그 무리를 향해 돌격했다.

"간다, 필살의의의! 『폭염 태~~~~클』!"

자세를 낮추고, 럭비에서 태클을 날리듯이 맹렬한 차지.

지면과의 마찰열이 너무나 강렬하다는 설정이라서 내 몸은 불꽃에 휩싸였다.

그 상태에서 나는 아일랜드 버니 사부님의 무리로 돌격해 차례차례 날려버렸다!

음~! 너무나도 훌륭한 살인 태클!

보에보에보에보에보에보에보에!

사부님들이 차례차례, 연속으로 비명을 지르며 쓰러졌다.

가로 폭은 넓지 않지만, 나도 이동하는 전방 범위형 아츠다.

으음, 좋구만. 꽤 상쾌했어! 이거 좋네. 이동 거리도 벌 수 있고.

하지만 역시 격투·몸통박치기계 아츠는 AP에 더해서 HP도 소비한다.

아츠 발동으로 인해 내 HP는 최대치의 10퍼센트가 줄었다.

"흠…… 그렇다면 역시 신경 쓰이는 건 그건가~."

아츠 발동으로 HP가 0이 되는 경우는?

그대로 문답무용으로 전투 불능? 아니면 HP 1로 살아남나?

시험해보지 않을 수 없군!

그럼 펑고 개시~!

좋아, 다음으로 HP가 0이 된다! 그럼—!

"『폭염 태클』!"

부오오오오오오! 하고 불꽃이 솟아오르며 아일랜드 버니 몇 마리가 날아갔다.

그리고 급격하게 내 몸에서 힘이 빠졌다.

움직이지 못하게 되어 털썩 쓰러졌다.

"오우……! 하하하…… 과연. HP가 0이 되면 그냥 죽는 건가."

이건 중요한 포인트로군. 메모메모.

남아줬다면 무척 기뻤겠지만, 이건 어쩔 수 없다. 사양은 정의이니까.

자, 사망 귀환을 할까……. 그런 생각을 할 때 익숙한 목소리가 들렸다.

"에에에엑?! 렌이 이런 곳에서 왜 죽어있어? 무슨 일이야?!"

아키라였다. 한가해서 상태라도 보러 온 건가?

"여어~ 아키라…… 몸통박치기 아츠로 HP가 0이 되면 어떻게 될까 해서……."

"아~. HP 1로 살아남지 않을까 하는 검증?"

"맞아맞아. 뭐, 안 됐지만……."

"하하하하. 근데 그거네~. 이렇게나 아일랜드 버니가 많은 곳에서 쓰러져 있으니까, 아일랜드 버니한테 져버린 것 같은 구도네."

"우와, 불명예잖아."

"재미있으니까 스샷 찍어놓자♪"

"그만둬! 난 이제 돌아갈 거야."

"아, 잠깐잠깐! 앞으로 10초만!"

그렇게 촬영에 응해주고 나서 나는 사망 귀환해서 학원 교실로 돌아왔다.

아키라도 쫓아서 돌아왔다.

"으~음, 한 번 더 가기에는 조금 시간이 부족하네."

"그러게. 이제 곧 수업이야."

"으음, 좀 더 검증해보고 싶었지만, 어쩔 수 없지. 내일 할까. 방과 후에는 퀘스트도 계속 이어가야 하니까."

그렇다. 결국 어제는 리엘리즈 공주를 발견할 수 없었다.

카라나트 교주국의 여러 곳에서 『천마의 눈』으로 수색을 시도했는데—

결국 준비한 『천마의 눈』 10개를 모두 써버려서 타임 업을 맞이한 것이다.

그래서 여전히 길드 하우스도 점거된 상태다.

오늘은 『천마의 눈』 10개를 추가로 구입해서 수색을 속행할 예정이다.

어제 단계에서는 일단 마지막 열 번째에 반응이 있어서 방향만큼은 알아냈다.

이동하지 않았다면, 거기서 더듬어 올라가면 오늘은 찾을 수 있을 거다.

분명 오늘은 이 퀘스트에 결판을 낼 수 있다―.

그전에 조금이라도 새로운 능력에 대해 검증할 수 있어서 다행이었다.

또 이벤트 배틀이 있다면 잘 활용하겠어!

그럼, 방과 후―.

우리 데몬즈 크래프트는 아카바네&카타오카와 합류.

6인 파티를 편성해서 유괴된 공주님 수색을 재개했다.

어제 개통해놨기 때문에 전송 룸에서 워프해서 카라나트 교주국으로.

수도인 성도(聖都) 미르얌에서 교외로 나와 북쪽으로 가서 산을 하나 넘고―.

그곳에 있는, 꽃이 군생해서 천연 화원으로 변한 고지대가 어제의 최종 포인트.

지명은 나유타의 화원이라고 한다. 오늘은 여기가 스타트 포인트다.

바람이 불어 꽃잎이 흩날리는 광경이 무척이나 아름다웠다.

이건 절경 포인트라고 해도 되겠지.

"여기 예쁘네~! 다음에 천천히 피크닉이라도 오고 싶어~."

절명 마니아 아키라가 스샷을 다 찍는 걸 기다리고 수색을 속행.

『천마의 눈』에 아니타 씨에게 빌린 『프린세스 스컬 링』을 읽게 했다.

당연하지만 『천마의 눈』이라고 해도 딱히 진짜 천마, 즉 페가수스에게서 눈알을 뽑아낸 그런 그로테스크한 물건은 아니다.

눈처럼 보이는 문장이 중심에 봉인된 보옥이며, 찾고 싶은 자의 정보를 읽으면 우리 머리 위에 떠올라서 수색 대상 방향을 향해 가느다란 빛을 쏴서 가르쳐준다.

"북방이네— 좋아, 가자!"

전원 렌탈 기룡에 타고 있기에, 적은 덮쳐오지 않고 이동속도도 빠르다.

빛이 가리키는 방향을 향해 『천마의 눈』을 다섯 개 소비.

거기서—.

"여기네—. 이 안에 빛이 이어지고 있어!"

그것은, 이미 오랫동안 쓰지 않은 것처럼 보이는 낡은 성채였다.

돌 벽 이곳저곳이 무너졌고, 틈새에서 잡초가 고개를 내밀고 있다.

보이는 느낌으로는 완전히 폐허라서 사람이 있을 것 같지 않지만, 『천마의 눈』은 여기를 가리키고 있었다.

"좋아. 여기서 기룡에서 내리고 안을 탐색할까."

아무도 이의 없음. 우리는 도보로 전환해서 폐성채 안으로 발을 들였다.

크르르으으으으으으웅!

우오오오오오오……!

안에 있던, 늑대계 짐승이나 스켈레톤계가 반응해서 이쪽으로 다가왔다!

그러나 레벨은 어느 것도 40 전후— 이 정도의 일반 몹이라면 대단한 위협이 아니다.

"와~아, 무쌍이다 무쌍이다~! 지금 이럴 때 AP 모아두자!"

"좋았어, 앗키를 따라가자구!"

"흥. 뭐, 준비 운동 정도는 되겠네요."

"노조미 님! 등을 지키게 해주세요~!"

나와 마에다를 제외한 이들이 적을 섬멸하러 달려들었다.

나는 이런 너무 강하지 않고 너무 약하지도 않은 적과의 연계 전투가 가장 거북하다.

『데드 엔드』를 쓸 정도의 적은 아니라 뒤에서 보고 있을 수밖에 없다.

그렇게 되면 뭐, 서클 마법으로 지원하는 정도지만, 약체화뿐인 데다 디폴트 상태에서는 서클을 이동시킬 수 없다. 별로 도움이 되지 않는다.

"이럴 때는 조금 한가하네."

그때, 나와 같은 후열조인 마에다가 말했다.

이럴 경우에 마에다는 마음대로 공격마법을 쓰는 게 대부분의 패턴이다.

회복을 쓰려고 해도, 전선에는 두 명의 소드 댄서가 있으니까 할 필요가 없다.

"훗…… 그건 어제까지의 나였지! 오늘의 나는 다르다고!"

그렇게 말한 나도 전선으로 나가 적당히 일반 숄더 차지로 공격 참가!

일반공격이 제대로 적에게 맞는 기쁨!

AP가 차오르는 기쁨!

"오오오오오! 렌이 일반공격을 맞추고 있어……!"

"후하하하하! 보았느냐, 이 이차원의 진화!"

그때, 눈앞에 공격해온 늑대계 적의 공격을 가드하고 직후 몸통박치기로 반격.

상대가 대미지를 입으면서 조금 휘청거렸다.

몸통박치기 후에 지팡이를 휘두르는 타격으로 이어갔지만, 이건 회피당해서 맞지 않았다.

그 후 다시 숄더 차지, 이건 맞는다.

모션상으로는 숄더 차지⇒숄더 차지보다, 그 사이에 지팡이 타격을 끼우는 편이 빠르게 두 번째 숄더 차지로 이어지니까 빗나가도 끼워두는 편이 좋다.

뭘 하더라도 루트는 하나밖에 없는 원 패턴 일반공격이지만, 없는 것보다는 낫지.

이걸로『폭염 태클』용 AP를 모으는 거다!

"좋아, 이쪽이야—!"

다가오는 적을 대부분 쓰러뜨린 우리는『천마의 눈』의 인도에 따라 폐성채 중앙에 있는 커다란 방으로 발을 들였다.

도중에 몇 번 효과가 끊어져서, 이걸로『천마의 눈』은 여섯 개째다.

슬슬 공주님을 찾았으면 좋겠는데—.

끼기기이익—.

녹슨 느낌의 문을 밀어서 안으로.

천장도 무너져서 햇살이 직접 들어왔다.

안쪽에 문이 보이고, 『천마의 눈』의 빛은 그곳을 가리키고 있었다.

넓은 홀 중앙을 향해 나아갔다.

그러자―.

콰앙! 안쪽 문이 힘차게 열렸다.

안쪽에서는 카라나트의 문장이 들어간 무기를 든 검은 옷들이 몇 명이나 뛰쳐나왔다.

그것만이 아니라, 홀의 그늘 이곳저곳이나, 우리가 들어온 문에서도―.

그 숫자는 거의 30명에 가깝지 않을까. 참고로 전원 레벨 50에 왕관이 달렸다.

"앗?! 어이이봐 엄청난 숫자잖아……! 우리 열렬한 환영을 받고 있는데!"

"매복하고 있었구나……?! 이거 큰일이네―."

"이, 이거 큰일 난 거 아냐……? 아무리 그래도 숫자가 너무 많다고 생각하는데에!"

"어, 어쩌지……?"

"위험하네요―."

"역시 이 퀘스트 난이도 높다니까……! 나중에 길드에 확실히 보고해야겠어."

포위당해서 경계하는 우리 앞에 또 한 명― 낯선 남자가 나타났다.

검은 로브인 건 다른 녀석들과 비슷하지만, 후드를 덮지 않아서 얼굴이 보인다.

엷은 물색 머리에, 약간 험상궂지만 단정한 얼굴의 청년 캐릭터다.

프로이 야신　　레벨 75　　왕관 아이콘(레어 몬스터)

분명 이 녀석, 보스로군―!

"캭. 공주님을 쫓고 있다는 녀석들이 네놈들이냐. 아니, 아무래도 좋지, 아무튼 여기까지 온 녀석은 쳐죽인다……!"

프로이는 씨익, 흉포해 보이는 미소를 지었다.

"어이이봐, 쪼잔한 녀석이네……! 뭐랄까, 시치미를 떼거나 돌아가라고 위협하거나 그러진 않는 거냐?!"

이 물량은 너무 다짜고짜 죽인다잖아!

위험해 보이니까 지금은 물러났다 나중에 온다는 선택지가 있어도 될 것 같은데!

"핫, 나는 친절한 남자라 말이지. 어차피 최종적으로는 싸울 거 아니냐. 귀찮은 대화 이벤트는 자동 스킵해주마! 공주는 안쪽 방에 있다. 나를 이기면 데리고 돌아가시지!"

"딱히 기쁘진 않지만, 감사함다!"

아니, 오히려 대화 이벤트를 원하는데도 날려버리는 게임이라니, 불친절한 망겜 인증을 받아도 어쩔 수 없지 않나……?

"흥, 쓰레기 같은 임무라서 지루했단 말이지. 나를 즐겁게 해다오!"

프로이가 주변의 검은 옷들에게 호령을 내렸다.

"쳐라—! 잡졸 한 무더기에게도 이용가치가 있다고 내게 증명해봐라!"

흑의의 암살자들은 목소리를 내지 않았지만, 그럼에도 연계해서 일제히 덮쳐왔다.

프로이는 근처 바위 위에 털썩 앉아서 구경할 자세다.

오오, 이거 이른바 얕보는 플레이인가?

우리가 이 흑의의 암살자 군단을 쓰러뜨릴 때까지 보고 있는다거나—?

후후후…… 그렇다면 할 수 있을지도 모르겠어.

레벨 75의 왕관 달린 보스가 같이 덤빈다면 도저히 이길 수 없다.

그러나 기다려준다면 이야기는 다르다. —왜냐하면, 우리는 성장하니까!

이렇게나 많은 흑의의 암살자를 잡는다면 레벨이 제법 올라간다!

올리고 나서 이 녀석이 혼자 있다면, 가능해! 이길 수 있을지도 몰라……!

"앗! 와요—!"

"으히이이이익! 이거 숫자의 폭력이잖아!"

"숫자 너무 많다구! 이거 어쩔 거야?!"

"타, 타카시로······! 어떻게 해야······?"

"고, 공명! 빨리 어떻게 좀 해줘!"

또 이 미소녀는 삼국지 소재를 들먹이는군.

여기서 이런 농담이 나온다는 건, 아직 여유가 있다는 뜻.

아키라는 내게 쓸만한 방도가 있다는 걸 알고 있는 거다.

그럼 리퀘스트에 응하여, 동남풍 같은 무언가를 보여주기로 할까─.

"류! 안겨!"

"뀨우!"

"『디어질 서클』!"

약간 넓은 범위의 서클 전개!

원을 좁혀오던 흑의의 암살자 중 대부분을 서클에 넣었다.

그 주변에서 삐져나온 건, 근접전 사양이 아닌 지팡이나 활을 든 녀석들이다.

"간다, 류!"

나는 적의 원을 빠져나와 광장 구석으로 향했다.

달리면서 가능한 한, 아직 서클을 밟지 않은 후열 타입의 적도 서클 범위에 넣었다.

서클을 밟는 것으로 인해 미약하게나마 적에게 어그로가 쌓인다.

그 밖에 아무도 손을 대지 않았다면, 녀석들은 일단 나를 노리는 것이다.

아우미슈르 대고분에서도 했던 『디어질 서클』에 의한 몬스터 트레인 또다시—! 이걸로 시간을 벌자!

근접전 메인의 적은 나를 쫓아오니까 계속 마라톤을 하면 된다.

"애들아! 지팡이나 활 같은, 원거리에서 렌을 노리는 녀석부터 순서대로 쓰러뜨리자! 코토미 말고는 한 명당 하나씩 주의를 끌고, 공격은 나랑 같은 녀석에게 집중해줘!"

응. 그렇게 해주면 고맙지! 역시 아키라는 말이 통한다니까.

아키라, 야노, 아카바네, 카타오카가 각각 원거리 녀석들의 주의를 끌었다.

내 쪽으로 날아오는 원거리 공격은 거의 없다. 마라톤이 안정된다.

다가오는 적은 서클을 밟고 둔화된다.

그러나 날아오는 탄이나 마법은 느려지지 않는다.

이 마라톤 전술에서 적의 원거리 공격은 위협적이다.

전열들은 각각 다른 적을 끌어당기면서도 공격은 하나에 집중.

옆에서 내가 키핑한 적이 원거리 공격을 퍽퍽 날려댔지만, 그건 무시.

그보다도 내게 원거리 공격이 집중되어서 당해버리면 위험하니까.

다행히 이 파티는 회복이 풍부하니까. 회복력으로 보충할 수 있다!

나는 마라톤을 이어가면서 아키라 그룹이 흑의의 암살자들을 격파하는 걸 기다렸다.

하나, 또 하나씩 쓰러뜨리자 우리의 레벨도 올라갔다.

"이대로 가면 할 수 있어……!"

『타깃 마커』플러스『디어질 서클』, 정말로 무시무시하네.

겉으로 보기에는 수수하지만, 어느 의미에서 이게 가장 밸런스 브레이커일지도 모른다.

그러나—.

"과연— 제법이잖아……!"

구경만 하던 프로이가 슬쩍 일어났다.

저 녀석, 좀 더 땡땡이를 치면 좋았을 텐데—.

"그렇지도 않거든……! 느긋하게 해도 된다고!"

"안 되지. 말이 빠른 게 내 장점이거든, 사양하겠다!『프로즌 봄』!"

프로이가 마법을 외워 발동했다.

푸르게 반짝이는 빙결탄이 내 발밑에 착탄해서 넓은 범위를 얼려버렸다.

"젠장—!"

대미지도 꽤 되지만— 무엇보다 발이 얼어붙어서 움직일 수 없다.

상태 이상 『동결』이다.

마법 범위에 말려든 흑의의 암살지도 적지는 않다.

그 녀석들은 나와 마찬가지로 발밑이 얼어붙어서 움직이지 못했지만—.

그래도 절반 정도는 무사했다. 그게 일제히 내게 몰려왔다.

정면에서의 공격은 가드해서 노 대미지로 버틸 수 있지만—.

동시에 뒤에서도 공격당했다. 발이 움직이지 않는 지금, 그걸 막을 수는 없었다.

흑의의 암살자의 공격. 렌에게 66의 대미지!

"큭……!"

"렌!"

도와주러 오려던 아키라네에게도 『프로즌 봄』이 날아갔다.

그리고 나와 마찬가지로 발이 묶여버렸다.

그 사이에도 적의 공격은 이어졌다—.

흑의의 암살자의 공격. 렌에게 71의 대미지!
흑의의 암살자의 공격. 렌에게 64의 대미지!

이거, 위험한데……!

전투 불능이 보인다. 내가 무너지면 거의 틀림없이 파티도 전멸한다.

으그그그극……!

이거 절체절명인가—?

"하지만 기다려라!"

그 목소리가 머리 위에서 들려온 것은 그때였다.

"으……! 이건 설마……!"

이 목소리와 그 프레이즈……!

좀처럼 잊을 수 있는 게 아니다.

녀석이다—. 녀석이 온 거다……!

"아아앙? 누구냐?! 어디에 있어?!"

프로이가 목소리를 높였다.

"하지만 기다려라. 위를 보도록—!"

구멍이 뚫린 천장 기슭을 올려다봤다.

벼, 벼, 변태다아아아아아아~~~!

풀 페이스형의 번들번들 반짝이는 철가면.

크림슨 레드의 조그만 스카프 머플러.

마찬가지로 크림슨 레드의 부메랑 팬티.

이름을 붙이자면 변태 3종 세트라고 해야 할까.

쓸데없이 멋지게 팔짱을 끼고 포즈를 잡은 모습.

가슴팍에 있는 진홍의 장미 페인트는 나도 이 변태 같은 모습에 한몫 거들었다는 증표다.

"오, 오라버니……!"

"여어, 여동생아. 고전하고 있는 모양이로군— 이 오빠도 힘을 빌려주마! 토웃!"

천장 기슭에서 뛰어내려 빙글빙글 문설트를 돌며 척! 하고 착지.

동시에 왠지 잘 모를 새 같은 포즈를 잡았다.

"조금 촌스러울지도 모른다만— 여동생의 위기를 차마 볼 수가 없는 이 오빠 마음……! 감안해준다면 고맙겠군!"

"오라버니, 가, 감사합니다……!"

아! 아카바네의 시선이 조금 불안정한데……! 얼굴도 빨갛고.

아무리 그래도 이건 역시 부끄러운 건가……?!

변태 오빠가 위기 때 나타나는 부끄러움은 감안해줄 수 없는 거구나!

"호오…… 네놈, 꽤 끝내주잖아."

프로이의 리액션에 우리가 목청을 높였다.

""""""에에에에엑?!""""""

뭐야. 이 녀석의 패션 센스, 버그 난 건가?!

"아, 여섯 명! 역시 아카바네도 저건 좀 그렇다고 생각하는 거구나……!"

"무, 무무무무슨 소리죠?! 저는 아무것도—."

"음……? 여동생이여, 무슨 일 있나—?"

"아, 아무것도 아니에요. 오라버니! 그보다도 저희 움직일 수가 없어요. 빨리 어떻게 좀 해주세요."

"음—! 그럼 나의 화려한 춤을 보여주기로 하지!"

알몸 철가면이 빙글빙글 돌며 댄스를 시작하자 우리 발밑에 깔린 얼음이 풀렸다.

그나저나 남자 소드 댄서의 움직임은 참 밥맛 떨어지네.

역시 댄스는 아키라 녀석이 가장 색기와 귀여움을 겸비해서 좋다고 생각해!

"그리고 여기서—! 헤이!"

폴짝폴짝 점프해서 빙글 회전하고 짝짝 손뼉을 친다.

응, 역시 이상하네. 근본적으로 철가면에 하반신 알몸이니까. 멀쩡할 리가 없다.

그러나 시스템이란 비정한 것.

겉보기는 저래도 제대로 발동한 댄스이기에 우리의 HP가 단숨에 전부 회복됐다!

고마움은 없지만, 역시 레벨 200을 넘은 회복력이군…….

"자, 나를 주목하라! 덤비도록 해라!"

이렇게나 대회복을 하면 적의 어그로는 단숨에 쏠린다.

흑의의 암살자들이 일제히 그쪽으로 몰려갔다.

그러나—.

"후하하하하! 미숙하군! 잘 노리도록!"

회피! 회피! 의 연타!

"자, 잡졸은 내가 맡아두지! 자네들은 보스를 쓰러뜨리도록—!"

"예, 예입……!"

나는 프로이 앞으로 나섰다.

"흥, 오는 거냐—!"

서로 노려보는 사이 내 옆에 아키라가 나란히 섰다.

"이, 일단 살았네……. 그대로였다면 승산이 적었을 테니까."

이어서 마에다와 야노도.

"기뻐해도 되는지 아닌지는 그레이 같지만……."

"그보다…… 저 철가면 왜 공격을 피하기만 하고 반격 안해?"

그게 귀에 들어왔는지, 오라버니가 이상한 포즈를 잡으며 야노에게 고개를 돌렸다.

"훗! 이래 봬도 나는 골수 자유주의자에 채식주의자! 살생은 즐기지 않는다!"

"히이익……! 이쪽 보지 말라구……!"

"뭐, 뭐어— 오라버니는 다정하셔서……."

불살주의라는 건가? 이봐, 어떻게 레벨 올린 거야……?!

적을 격파하지 않는 제약도 제약의 일종이긴 하지만!

"게임 세계라고 해서 이 신조를 바꿀 생각은 없다! 아니, 현실에 아무런 페널티도 없는 게임 세계이기에 진정으로 정신을 시험받는 것이지!"

팔짱을 낀 포즈로 돌아왔다. 변함없이 멋있는 포즈에 대한 모독!

"아니, 게임 속에서는 붙잡히지 않는다고 대놓고 노출을 하고 있는 건은……?"

"거, 건드리지 말아주세요……."

"맞아, 야. 타카시로 그 이상은 말하지 마아아아아아아!"

카타오카 녀석, 방해하기는!

"어이이봐, 안 올 거면 이쪽에서 간다! 『코키토스 오브』!"

프로이 주변에 푸르게 빛나는 무수한 작은 구체가 나타났다.

하나하나는 주먹 크기 정도. 그게 프로이를 지키듯이 둥실둥실 활공했다.

"이 녀석은—?!"

"낌새를 보자!"

아키라가 『스카이 폴』을 일섬! 충격파가 프로이에게 날아갔다.

그러나 무수한 구체 중 하나가 충격파와 격돌. 그 결과 충격파만 흩어졌다.

"튕겨났다?!"

"안 통하는 건가……?"

"야, 타카시로. 내가 모습을 감추고 접근해 볼게."

"좋아, 부탁한다."

"그래. 『섀도 워크』."

카타오카의 모습이 스윽 지워졌다. 그리고 마에다가 마법을 외웠다.

"불이라면—!『파이어 볼』!"

화염탄이 코키토스 오브의 공과 충돌!

푸슈우우우우욱!

증발하는 소리를 내며, 그리고 양쪽이 소멸해서 사라졌다.

"이거라면 상쇄는 가능하네……!"

"좋아, 연타하자. 마에다!"

"알았어!"

다시 마에다가 『파이어 볼』!

"그런 단발이 통하겠냐!"

프로이가 주먹을 들자, 푸른 광채가 몇 발이나 마에다를 향해 날아갔다.

자유롭게 컨트롤할 수 있는 건가?!

『파이어 볼』은 한 발로 소멸. 나머지가 마에다에게 접근했다.

"꺄아—?!"

"코토미, 위험해!"

야노가 앞으로 끼어들어 방패로 막았다.

쩌어어어억! 쩌어어어억! 쩌어어어억!

그러나 방패 표면에서 구체가 터져 냉기를 흩뿌리자, 야노의 발이나 반신이 얼어붙었다.

"차, 차가워차가워차가워어어어어어어!"

가드를 했는데도 HP 역시 절반이나 날아가 버렸다.

"유우나!"

"정신 차리세요!"

아키라가 HP를, 아카바네가 동결 상태 이상을 각각 댄스로 회복.

"핫! 죽을 때가 연장된 것에 지나지 않아—!"

다시 프로이가 구체를 날리려 했다.

"그렇지도 않다고!『백스텝』—!"

오, 좋아 카타오카! 날려버려!

"음—!"

그러나 그 순간, 프로이의 주변 구체가 일제히 카타오카에게 몰려들었다!

빠직빠직빠직빠직빠지이이익!

"우오오오오오오오오오오오?!"

"카타오카!"

큰일이다, 한 번에 공을 너무 많이 맞았어! HP가 거의 풀이었는데 단숨에 전부 깎여버렸다.

HP 제로. 전투 불능.

저 녀석 은근히 대미지를 벌 수 있으니까 빠져버리면 꽤 뼈아픈데……!

그러나 접근해서 공격하면 공에 요격당하는 건가. 성가신 걸—!

"어머, 당해버리다니 한심하네요……!"

"우우우우…… 재송함뉘다……."

카타오카가 그 자리에서 털썩 쓰러졌다.

그렇다면, 내가 가진 능력으로 상대하려면—!

차분하게 검증할 시간은 없다.

나는 내 안의 번뜩임을 믿고, 시스템 메뉴를 열어 조작을 시작했다.

"하지만— 공은 없어졌어!"

아키라의 말대로였다.

카타오카에게 집중 공격을 해서 『코키토스 오브』의 공은 전부 사라졌다.

"지금이라면—!"

곧바로 날아가는 『스카이 폴』의 충격파.

"『코키토스 오브』!"

다시 전개된 푸른 구체가 충격파를 튕겨냈다.

"앗?! 정말, 재사용시간 빨라~!"

아키라가 분통해했다.

"흥— 야, 너 핑크 계집! 네년 아까부터 눈에 거슬려. 나는 천박한 여자는 싫어한다고! 네년은 살아있는 게 부끄럽지도 않은 거냐!"

"나, 나도 좋아서 이런 차림인 게 아니거든요……! 쓸데없는 참견이에요!"

"맞아! 게다가 이 차림은 그나마 조신한 편이라고!"

조작을 마친 나는 아키라 옆에 나란히 서서 옹호했다.

"렌은 쓸데없는 소리 하지 말고!"

혼났다!

"항, 또 한 마리 천박한 게 있지만— 네년이 더 포동포동한 만큼 보고 있으면 불쾌해……!"

"뭐야 그게! 살쪘다고 하고 싶은 거야?! 아무리 생각해도 성희롱인데……!"

뭐, 아키라 쪽이 가슴이 크고 아카바네보다 키는 작으니까.

그렇지만 딱히 살찐 건 아니다. 방향성의 차이겠지.

아키라는 건강한 색기를 풍기는 귀여운 계열. 아카바네는 완전하게 예쁜 계열이니까.

"워워. 그보다도 아키라, 들어봐……."

재빨리 작전을 귓속말로 전했다.

"에에에엑?! 그거? 꼭 그게 아니면 안 돼……?"

"안 돼! 간다, 『디바이트 서클』!"

광범위 서클 발동.

MP는 완전히 비우지 않고, 최대 HP의 1할 정도만 남겨 놨다.

"자, 그럼. 당장 죽어라!"

프로이의 호령이 들렸다.

『코키토스 오브』의 구체가 우리 앞으로 쇄도했다.

나는 아키라를 감싸듯이 그 앞에 섰다.

눈앞에 다가오는 무수한 공격을 맞으면 나도 카타오카처럼 전투 불능이 되겠지.

하지만— 그렇게 둘 수는 없지!

"『파이널 스트라이크』!"

단독으로 『파이널 스트라이크』 발동!

왜냐하면 이어지는 오의에는 이게 포함되지 않으니까!

"오의—!"

퍼엉! 내 몸이 홍련의 불꽃에 휩싸였다!

직후, 푸른 구체가 착탄했지만 불꽃에 부딪혀서 소멸했다.

그래. 불꽃으로 상쇄할 수 있다는 건 『파이어 볼』로 검증됐다!

그렇다면, 불꽃을 두르는 오의라면 어떻게 되느냐는 대답이 이거다!

"뭣이이?!"

"우오오오오오오오오오! 간다, 신 필살!"

불꽃을 두르고, 허리를 낮추며 반신을 비튼 『발도술』 자세.

그 자세에서 나는 프로이에게 똑바로 돌진했다.

푸슉푸슉푸슉푸슉푸슉푸슈우우우우욱!

날아오는 구체가 모조리 증발했다.

내가 두른 불꽃이 허공에서 꼬리를 이었고, 그 형태는 불의 새— 주작을 그렸다.

이것이, 내가 만들어낸 새로운 오의!

아직 조합을 보기만 했을 뿐이지 써보는 건 처음이지만—.

『턴 오버』, 『폭염 태클』, 『발도술』의 조합기!

"『주작일섬(朱雀一閃)』!!!!!"

불을 두른 발도술이 그대로 프로이를 덮쳤다!

참격과 함께 나는 빠져나갔고, 프로이의 몸을 커다란 불기둥이 감쌌다.

"으가아아아아아아악?!"

렌의 주작일섬이 발동. 프로이 야신에게 3555의 대미지!

좋아, 위력은 『데드 엔드』를 웃돌고 있어—!

게다가『폭염 태클』의 돌격 중에는 주변에 공격 판정이 나온다.

　그렇기에『코키토스 오브』의 구체를 뭉개면서 전진할 수 있었다.

　문제는『폭염 태클』의 HP를 남기는 조정과, AP가 필요하다는 점.

　그러나 이것만 클리어된다면 이건『데드 엔드』를 뛰어넘는다!

　『파이널 스트라이크』를『스킬 체인』의 세 칸에서 뺄 수 있는 것도 좋다.

　『파이널 스트라이크』는 스킬 발동만 해놓고『다음 일격』을 쓰는 걸 보류해서 재사용시간을 기다리는 행동 지연 연타가 가능하다.

　그래서 항상 재사용시간 대기로 해두는 편이 전체적으로 보면 효율적이다.

　그러나 오의 구성에『파이널 스트라이크』를 조합해버리면 그럴 수가 없다.

　스킬을 발동 가능한 상태가 아니면 오의를 쓰지 못하게 되기 때문에, 재사용 대기시간에 들어간 스킬의 연계가 이루어지지 않는 것이다.

　오의에서『파이널 스트라이크』를 빼버리면 그것도 가능해진다.

　"이, 이놈……! 잘도— 코키토스……."

그러나 내게 시선이 쏠린 프로이의 눈앞에는 이미 아키라가 접근해 있었다!

『코키토스 오브』는 전부 내가 날려버렸다.

그래서 아키라도 노 대미지로 녀석에게 접근할 수 있었던 것이다.

"그렇겐 못하지! 오의—!"

"큭……!"

재빨리 반응한 녀석이 가드를 했다—.

그러나, 소용없어! 왜냐하면 아키라의 장비는 『엔젤 참』이니까!

"『에어리얼 크레센트』!"

"끄으으으으으윽?! 뭐라고—."

가드가 무효화된 프로이는 어쩔 방도도 없이 공중에 떠버렸다.

그 틈에 나는 다음 『지팡이칼』을 합성하기로 하자!

"아카바네! 내게 『검의 춤』을! 야노, 마에다도 집중포화!"

"네, 좋아요!"

"오케이! 지금이 찬스니까!"

"응!"

아카바네가 『검의 춤』을 발동!

내 『파이널 스트라이크』, 『턴 오버』가 발동 가능해졌다!

아키라의 오의가 2단으로 들어가서 프로이가 지면에 떨어져 바운드.

"오의『섀도 블래스터』!"

"『파이어 볼』!"

"끄으으으으으으윽!"

그 틈에 나는 HP 조절을 위해 서클 마법을 썼다.

아직 AP는 있어!

또 간다—! 콤보 속행이다!

"한 번 더어어어어어!『파이널 스트라이크』! 그리고 오의!"

또다시 나의 몸을 주작 모양의 불꽃이 감쌌다!

"주작일서어어어어어어어엄!"

퍼어어어어어어어어어어엉!

렌의 주작일섬이 발동. 프로이 야신에게 3555의 대미지!

"갸아아아아아아아아아악?!"

성대한 불기둥이 치솟았다.

"나도 아직 멀었어어어어!『에어리얼 크레센트』!"

나와 아키라의 오의 두 번으로 프로이의 HP는 7할 정도
날아갔다.

아직 공격할 수 있어— 단숨에 간다! 그렇게 생각했는데—.

두 번째『에어리얼 크레센트』를 맞은 프로이의 몸이 갑자

기 짙은 회색 구체에 감싸였다.

"제법 하는구나 네놈드으으으으으으을! 그 낯짝은 기억해 놨다아! 다음에 만날 때는 반드시 죽여줄 테니까 각오하고 있으라고—!"

그리고 구체가 슈우욱 소리를 내며 쪼그라들자, 그곳에는 이미 프로이의 모습이 없었다.

저 녀석— 어느 정도 대미지를 입으면 퇴각하는 보스였나……!

프로이가 도망치자 부하인 흑의의 암살자들도 마찬가지로 모습을 감췄다.

"도망쳤다……? 해냈다아아아아아! 이겼어어어어!"

"응— 해냈네……!"

"좋았어어어어어어! 해치워줬다구!"

"후우— 꽤 보람 있는 퀘스트였네요."

"홋…… 훌륭했다, 여동생과 그 동료들이여. 내 조력 따위는 필요 없었을지도—"

"뀨우~뀨우! 뀨뀨뀨~!"

모두 기쁨의 환성을 내지르는 가운데— 나는 말이 없었다.

말없이 『마도식 영사기』를 꺼내서 아키라의 스샷을—.

그도 그럴 게, 『엔젤 참』의 스샷 찍지 못했었단 말이지!

이런 기회는 좀처럼 없으니까!

찰칵!

좋았어, 찍었다! 염원하던 『엔젤 참』의 스냣을 손에 넣었어!

"앗?!· 정말~ 렌! 이럴 때에에에!"

아키라가 곧장 장비를 되돌렸다. 하지만 이미 찍었다고!

"최고의 한 장 고마워! 나는 만족했어!"

"그~런 문제가 아니잖아! 정말로 그건 부끄러우니까……!"

"자아자아, 잘 어울렸어요."

"정말~~~~!"

근처에서 바라보던 철가면 오빠가 목소리를 높였다.

"음— 사이가 좋으니 아름답군! 그럼 내 역할도 끝났다—! 작별이다!"

이상하게 가벼운 몸놀림으로 갈라진 천장으로 뛰어 올라가더니 그대로 모습을 감췄다.

"……."

뭐, 일단 감사는 해둬야지.

이러니저러니 해도 저 사람이 와주지 않았다면 우리가 졌을 거다.

프로이만 쓰러뜨리면 되는 상태로 끌고 가줬으니까.

"뭐, 됐나! 일단 공주님을 찾으러 가자!"

프로이는 안쪽 방에 공주님이 있다고 말했었다.

우리는 열린 문 안으로 나아갔고— 안쪽 방에서 리엘리즈 공주를 발견했다!

기둥에 묶여 재갈을 물고 있었지만, 딱히 다친 데는 없는 것 같다.

"푸하앗—! 아아…… 여러분 감사합니다. 제가 유괴당했을 때 길드숍에 계셨던 분들이네요. 폐를 끼쳤어요……. 정말로 감사 감격의 폭풍이에요."

""""……""""

역시 이 공주님은 언동이 좀 그러네.

"맞다. 아니타는 어떻게 됐나요?! 여기에는 없는 것 같은데—?"

"아니타 씨라면, 공주님을 지키지 못했다며 감옥에 들어가 있어요."

"그런 바나나 같은?!"

바나나?!

"그런 바보 같은— 이란 뜻이네……."

마에다가 통역해주었다. 뭐, 의미는 알겠지만—.

"이러고 있을 수가 없네요—. 죄송하지만 여러분, 저를 아니타에게 데려가 주실 수 있을까요?"

거절할 이유는 없다. 우리는 공주님을 데리고 성 감옥으로 돌아갔다.

그리고—.

"공주님! 아아, 용케 무사하셨군요—! 다친 데는 없으십니까?!"

감옥 안의 아니타 씨는 눈물을 보이며 공주님이 무사한 걸 기뻐했다.

"아니타…… 네, 레알 괜찮아요."

"……정말 괜찮다는 뜻인 것 같아."

마에다는 어이없다는 말투다.

음~ 감동의 재회인데도 그런 분위기를 저해한단 말이지, 이 공주님.

"후훗…… 후후훗. 건강하신 것 같네요. 공주님. 안심했습니다."

그러나 아니타 씨는 기쁜 듯이 웃었다.

NPC인 두 사람이지만 뭐랄까, 우리는 끼어들 수 없는 인연 같은 게 있는 거겠지.

잘 만든 게임이다—.

공주가 돌아오자 아니타 씨도 감옥에서 나오게 되었고, 우리 길드 하우스도 우리 품으로 돌아왔다.

예전처럼 가게도 재개할 수 있게 되었다.

이걸로 한정 퀘스트 『잠행한 공주님 유괴 사건』은 무사히 클리어됐네!

◆ ◇ ◆

빰빠카빠~암. 빠바바바바~암.

우리가 걷는 레드 카펫 좌우에 나란히 선 음악대가 나팔을 불었다.

뭐랄까, 귀환한 용사를 축하하는 모임 같은 느낌이다!

"오오오오오…… 뭔가 굉장하네!"

"기, 긴장되네……."

"조금 있기 거북한데—."

우리 일반인은 이런 격식 있는 세리머니는 조금 익숙하지 않으니까.

"괜찮아. 너무 두리번거리지 말고 앞만 보면 되니까."

"그리고, 자세는 똑바로 할 것— 이에요."

상류층 가문의 아가씨들은 침착했다.

"바로 그렇지요……! 역시 노조미 님."

이 녀석도 통상운전이네.

이렇게 해서, 우리는 문을 지나 옥좌의 방 안으로 들어왔다.

옥좌에는 왕관을 쓴 댄디한 느낌의 아저씨가 앉아있었다.

그 옆에는 우리가 구해낸 리엘리즈 공주도 있다.

방 양옆에 자리한 무관, 문관 중에는 공주의 호위인 아니타 씨의 모습도 보였다.

이번에 공주님을 무사히 구해낸 우리는 부유도시 티르나의 왕궁에 호출을 받은 것이다.

여기는 보통 들어올 수도 없는 구역이다. 꽤 희귀한 체험이다.

"오오— 잘 와주었다. 용감한 아이들이여!"

왕이 만면의 웃음을 보였다. 의외로 붙임성 있는 느낌이다.

우리는 깊이 인사를 하고 그 자리에 무릎을 꿇었다.

아키라와 아카바네를 보고 따라 하는 거지만.

"이번에 내 딸을 구해줘서 정말로 수고가 많았다. 이렇게 감사를 표하고 싶구나."

깊이 고개를 숙였다.

왕이 이렇게 나오니까 조금 송구스럽네.

"하지만, 역시 우리나라의 최고 학부 레이그란트 마법 학원의 학생들이로군. 나로서도 콧대가 높아지는구나. 졸업한 이후에는 세상과 이 티르나를 위해 노력해주기를 바란다."

우리는 모두 네, 하고 끄덕였다.

"그럼, 리엘리즈가 너희에게 건네주고 싶은 게 있는 모양이더군. 받아다오."

오?! 이거 포상 타임인가!

퀘스트 보수라는 거로군요. 뭘 받을지 두근두근한데!

"이번에는 제 어리광 탓에 큰일이 벌어지고 말았지만— 여러분 덕분에 저도 이렇게 돌아올 수 있었고, 아니타도 벌을 받지 않을 수 있었습니다. 정말로 감사드려요."

모두의 대표로 길드 마스터인 내가 답했다.

"아뇨. 눈앞에서 사람이 유괴됐는데 내버려 둘 수는 없었고— 근데, 왜 카라나트 녀석들이 공주님을……?"

"그건— **그것**을 막으려 했던 걸지도……."

"그것?"

"공주님……!"

아니타 씨가 공주를 타일렀다.

"아, 우후후후…… 그건, 저도 알지 못하는 일이랍니다—. 그런 걸로 해주시겠나요? 언젠가 알게 되실 테니까요."

"네에……."

영문을 모르겠는데—?

뭐, 상관없지만. 영문을 모르겠다는 걸로 넘어가도 되려나.

"그건 제쳐놓고, 이건 제가 드리는 감사의 마음입니다. 아무쪼록 받아주세요."

나는 공주님이 웃으면서 내민 그것을 받았고—.

"감사합니다. 고맙게 받도록 하겠습니다."

감사의 말을 하며 무릎을 꿇었고—.

그리고 몰래 천에 숨겨진 내용물을 확인했다.

프린세스 스컬 링 (O)

종류 : 액세서리   장비 가능 레벨 : 1

특수 성능 : 습득 경험치 3배.
    단, 레벨 업시 스테이터스 상승량이 1/3이 된다.

끄허어어어어어어억?!

피, 필요 없어! 조금 불길한 예감이 들긴 했지만 역시 이 거였냐!

그, 그 퀘스트 보수가 이런 거라니 조금 실망인데……!

뭐, 도중 경과로 『러싱 링』을 얻었던 건 수확이었지만—.

"저, 열심히 성의를 담아 만들었으니까요! 소중히 해주세요!"

반짝반짝 빛나는 웃음은 귀엽긴 하지만 말이지—.

이렇게 해서 세리머니를 마친 우리는 길드 하우스로 돌아 왔다.

그리고 우리는 우리대로 자그마한 세리머니를.

뭐, 과자나 간식이나 주스 같은 아이템을 들고 와서 뒷풀 이다.

팬케이크나 쿠키는 아키라 수제다.

아키라는 아키라대로 요리 스킬을 깨작깨작 올리고 있다.

조만간 길드숍에 내서 팔 수 있으면 좋겠네.

"저기— 노조미?"

아카바네와 카타오카도 끼어서 뒷풀이를 하던 중, 아키라 가 격식을 차려 아카바네에게 말을 걸었다.

"어머, 뭔가요?"

"이번에는 도와줘서 고마워요. 덕분에 클리어할 수 있었어요."

"따따따, 딱히 당신을 위해서는 아니거든요······! 이쪽 가게는 저도 오라버니도 마음에 들어하고 있으니까, 닫혀있으면 곤란하다고요······."

오~ 츤데레 츤데레.

"후훗. 그래서, 제 쪽에서 사례를 하고 싶어서····· 받아주겠나요?"

"뭐, 뭐어····· 당신이 꼭 그러고 싶다면야―."

"그럼, 손을 내밀어 주실래요?"

"네."

아키라가 웃는 얼굴로 아카바네의 손에 아이템을 탁 올렸다.

그것은― 『레이브라의 마필』로 핑크색으로 도장된 풀 페이스 철가면이었다!

"어떤가요? 오빠랑 맞춤인데요?"

찰싹!

아카바네가 핑크 철가면을 내동댕이쳤다!

"저, 저는 이런 건 안 쓰거든요! 저한테 시비 거는 건가요?!"

"거, 거봐······! 역시 무리였잖아······! 그야 저런 걸 주면 화내지―."

"나, 나도 막았거든―."

"……뭐 하는 거야."

여자아이에게 주는 선물은 여자아이가 고르는 게 낫다고 해서 맡겼는데―.

뭐, 아카바네는 어떤 의미에서는 멀쩡하다는 걸 알아서 다행이지만.

"자, 카타오카. 사례품이야."

"응? 오오, 고맙다! 소중히 할게!"

그것은 『괴롭히지 말아줘 실드』 계통의 느낌으로 만든 『못 써먹을 일벌이네 실드』다.

뭐, 카타오카는 좋아할 것 같아서 야노에게 일러스트를 부탁해봤다.

좋아하는 것 같아 다행이다.

"에에에에에엑~ 좋아할 거라 생각했는데에……."

한편, 혼나고 만 아키라는 떨어진 철가면을 들고 울상을 짓고 있었다.

아니, 그 센스는 이상하잖아. 마이 베스트 프렌드여.

……일단 지원해줄까.

"아카바네. 일단 말해두는데 아키라한테 악의는 없어, 아마도…… 센스가 조금 어긋나있어서 말이지…… 저기 봐, 반쯤 울먹이고 있고―."

"우…… 우우―? 어, 어쩔 수 없네요……!"

아카바네는 아키라의 손에서 핑크 철가면을 낚아챘다.

"이, 일단 받아주겠어요······!"

"노, 노조미······! 그럼 써줄 건가요?!"

"네엣?! 그, 그건—."

"그, 그런가요······."

아키라가 시무룩해졌다.

그걸 보자 아카바네가 또 거북해했다.

아카바네는 아키라와 친해지고 싶으니 시무룩하게 만들고 싶지 않은 거겠지.

"아, 알았어요! 알았으니까 그런 표정은 짓지 말아요! 자!"

드디어 분위기에 휩쓸려 장착하고 말았다! 딱하게도······!

"아하하하하하! 굉장해~! 수상해에에에에~~!"

야야, 손가락질하며 웃지 말라고! 부끄러운 걸 참고 있는데!

"다, 당신으으으으으은! 그럼 당신도 써보시죠!"

역시 화가 난 아카바네가 아키라에게 철가면을 씌웠다.

응, 수상하다—.

"싫어어어어어어엇! 유우나 패스!"

"나도 싫어어어어어어어! 코토미!"

"잠깐, 그만둬 그만둬어어어어—!"

······뭐, 파티 굿즈로서는 분위기를 잘 띄워주고 있는 건가—?

"뀨~뀨~뀨~뀨~!"

최종적으로는 뒤집힌 채 류가 안으로 들어가서 데굴데굴 굴리며 놀았다.

"뭐, 뭐어…… 이거라면 헛수고는 되지 않았겠지―."

그리고, 철가면 안에서 이런 소리가―.

"데굴데구울…… 데굴데구울……! 즐거어어……!"

앗?! 지, 지금 류가……!

"""""""말했다아아아아아아아아아아?!"""""""

응― 수호룡은 말을 익힐 수 있다더라?

딩~동~댕~동.

수업 종료를 알리는 차임벨이 울렸다. 자, 지금부터 방과 후, 우리의 즐거운 게임 타임이다.

그러나 오늘은 이후 갈 곳이 있다. 현실의 볼일이 아니라 게임 안에서.

"렌~ 어쩔래? 이대로 바로 갈까?"

"그래. 가자."

나와 아키라의 행선지는 같다.

뭐냐면, 다음에 있을 공식 이벤트인 길드 대항 미션 설명 회다.

각 길드에 두 명씩 출석할 수 있어서 나와 아키라가 가게 되었다.

"그럼 뭐, 우리는 가게 보고 있을게~."

"이쪽은 맡겨줘. 그쪽은 잘 부탁해."

"그래. 뭐, 설명을 들을 뿐이니까. 편하게 갔다 올게."

그런고로 나와 아키라는 둘이서 교실을 나왔다.

그리고 학교 건물을 나오고 학교를 나와서— 부유도시 티르나의 왕궁 구역으로 향했다.

이번 미션은 왕궁에서 발행되는 칙명이라고 되어있기 때문이다.

왕궁 안에 있는 예배당에 집합한다고 한다.

"어디어디, 어떤 미션일까……?"

왕궁 안뜰을 이동하는 도중, 나는 왠지 모르게 중얼거렸다.

"뭘까? 나로서는 온 세상의 비경을 탐험해서 보물을 찾는 게 좋겠는데~. 여러 곳을 갈 수 있고!"

"아, 역시 절경 마니아로군요."

"응. 렌은—."

퍼억!

응?! 왠지 바이올런스한 소리가 났는데?

"그, 그만둬라 꼬꼬……! 아프다 꼬꼬……!"

뜰 한쪽에 몇 명의 NPC 집단이 있었다.

다들 순수한 인간 타입의 모습이 아니라, 직립 이족보행이지만 새의 얼굴에 새의 날개가 있는 느낌.

수인 중에서도 조인종^{버드맨}이라는 녀석인가.

또한 그 안에서도 배리에이션이 있는 모양이라, 매나 갈매기나 공작 같은 새 인간이 있다.

그리고 그런 집단 중에서 안타까운 목소리를 낸 것이, 닭 조인종이었다.

키가 작고, 펑퍼짐하고 동그란 체형.

애니나 게임용으로 데포르메된 중년 아저씨 같은 실루엣이다.

이름은— 표시를 보아하니 코코루인 것 같다.

저 체형하고 어벙한 얼굴을 보니, 왠지 지역 마스코트 캐릭터 같은 냄새가 강하다.

단지 지금은 다른 조인종들에게 둘러싸여 무서워하며 얼굴을 굳히고 있었다.

"아앙? 네놈이 부딪친 거잖아?!"

"그, 그건 미안하다고 사과했다 꼬꼬……."

"시끄럽다고! 떠들지 마!"

퍼억!

매 버드맨의 발차기가 들어갔다.

"꼬꼬댁……?!"

"나 참……! 모처럼 하늘 위까지 불려왔는데, 왜 겁쟁이 코코루 따위가 같이 있는 거야."

"맞아. 그밖에도 후보가 있을 텐데…… 이 녀석이 영웅 후보라니 조인종의 수치가 될 수도 있잖아."

"어차피 네 아버지가 뇌물이라도 써서 밀어 넣은 거지? 상인 집 도련님은 부럽구만!"

"모, 모른다 꼬꼬…… 나도 이런 곳에 오고 싶지 않았다 꼬꼬……."

"뭐라고?! 영웅 후보로 선발된 것이 얼마나 명예로운 일인지 모르는 거냐?!"

"그, 그런 말 해도 꼬꼬……!"

또 코코루를 걷어차려고 한다.

역시 보다 못한 내가 그 전에 끼어들어 막았다.

"그 정도로 해두라고. 뭔지는 모르겠지만, 꼴사납잖아."

"아앙?! 네놈은 뭐야?!"

매 버드맨이 나를 날카롭게 노려봤다.

상당한 박력이다. 역시 맹금류.

"그만둬. 봐라, 이 녀석은 길드 마스터다."

원에서 살짝 떨어져서 방관하던 공작 버드맨이 냉정하게 매 버드맨을 제지했다.

"어, 어어— 충돌하는 건 상책이 아닌가."

"그런 셈이지. 신세를 질지도 모르니까."

"신세를 져? 무슨 소리야?"

"아니…… 곧 알게 될 거다. 아무튼 실례했다. 그럼."

조인종들은 코코루를 두고 떠나갔다.

"괜찮아? 코코루, 라고 했지?"

아키라가 넘어진 코코루를 도와서 일으켜주었다.

"꼬, 꼬꼬…… 고맙다 꼬꼬~."

"이런 곳에서 무슨 일이야?"

"저 녀석들은, 내가 여기 온 게 마음에 들지 않는 거다 꼬꼬. 그래서—."

"그래도, 저런 건 좋지 않아! 저런 건 괴롭힘이야! 좋지 않아!"

아키라가 울컥울컥 화를 냈다.

"뭐, 봐서 기분 좋은 건 아니지."

"응응! 그렇지!"

"하지만, 저 녀석들이 화내는 것도 무리는 아니다 꼬꼬. 나도 왜 나 따위가 영웅 후보로 선발됐는지— 정말로 아빠가 저질렀을지도 모른다 꼬꼬……."

"아까부터 말하던데, 영웅 후보가 뭐야?"

"그건— 아, 아니 곧 알게 될 거다 꼬꼬. 그러니 나는 신경 쓰지 말고 가라 꼬꼬."

"응?"

"그럼, 고맙다 꼬꼬!"

코코루는 감사를 표하고 바로 가버렸다.

"어, 야 벌써 가는 거야—?"

"코코루~! 뭔가 곤란한 일이 있으면 우리하고 상담해~!"

아키라가 체형 탓인지 불안정하게 뒤뚱뒤뚱 걷는 코코루의 등에 대고 호소했다.

"괘, 괜찮은 걸까…… 코코루."

"NPC도 인간관계에 고생하는구나. 역시 최첨단 인공지능. 꺼림칙하게 리얼하네."

"저기, 렌. 다음에 만나면 우리가 뭔가 힘이 되어주지 않을래?"

"그래, 그러자."

이렇게 우리는 미션 설명회가 개최되는 예배당에 도착했다.

"각 길드 대표자는 자료를 받으면 임의의 자리에 앉아 기다리도록!"

인솔자 NPC에게서 책자를 받아 안으로 들어갔다.

"와~ 스테인드글라스다. 예쁘네~!"

나는 기뻐하며 스샷을 찍는 아키라를 선도하며 자리를 찾았고─.

오, 주변이 비어있나 싶었던 곳. 그곳에는─.

"여어, 오랜만이군."

나, 나왔다아아아아아아아아아아아아! 철가면에 팬티 한 장인 왕변태!

이곳은 긴 책상과 긴 의자가 나란히 놓여있다.

그는 그 한가운데에 있는 긴 의자의 중간에 당당히 앉아있었다.

당연히 아무도 그 옆에는 다가가지 않는다. 다가가고 싶지도 않다.

밭 한가운데에 생긴 미스터리 서클처럼, 중앙에 사람의 구멍이 뻥 뚫려있었다.

그랬죠. 이분도 길드 마스터였죠…….

오겠지. 응…… 유감이지만.

"아, 안녕하세요—."

내가 대답하자 주변이 웅성거렸다.

우와, 뭐야 저 녀석 저거랑 아는 사이야? 같은 분위기가 굉장하다.

히익~ 부끄러워! 도망치고 싶어!

"왜 그러지? 자리는 비어있다만? 이쪽에 앉도록."

그러면서 옆을 가리켰다. 으음…… 싫습니다만!

아키라도 내 뒤에서 몰래 고개를 붕붕 내저었다.

"레, 렌! 아키라! 뭐 하는 거냐?!"

"바보……! 자, 이리로 와!"

그런 우리를 구해준 것은 유키노 선배와 호무라 선배였다.

억지로 우리의 손을 잡아당겨서 떨어진 자리로 데려와 주었다.

사, 살았다—.

"두 사람 다 그러면 안 된다. 너희도 동료로 볼 거라고……!"

"맞아, 저건 건드리지 않는 게 기본이야……!"

그러고 보니 호무라 선배의 교실에 갔을 때도 마치 공기처럼 무시했었지…….

"뭐, 뭐어 일단 모르는 사이도 아니라고나 할까, 아카바네의 오라버니라서, 그만—."

"여동생이라. 요전에 대회에도 있었지. 용케 저 오라버니가 있는 곳에 들어왔다니까."

"그래. 어지간히 이 학교에 들어오고 싶은 이유가 있었던 거겠지."

아, 맞다. 그랬지.

아카바네는 그렇게나 아키라와 친구가 되고 싶다는 것이리라. 갸륵하네.

그 아키라는 핑크 헬멧을 선물로 주면서 놀려먹었지만…….

"저기, 렌. 그건 그렇고—. 그 자료에는 뭐라 적혀있어?"

"아. 어디어디— 길드 대항 미션 『영웅 육성』에 대해서……라는데."

"『영웅 육성』? 그러고 보니 코코루 근처 사람들이 영웅 후보가 어쩌니 했었는데—."

"아, 말했지. 말했어."

그때—.

"여러분. 잘 모여주셨습니다."

은발의 초절정 미소녀 NPC— 즉 리엘리즈 공주가 이 자리에 모습을 드러냈다.

리엘리즈 공주의 등장에 그 자리에 있는 길드 대표들이 모두 오오, 하고 웅성댔다.

귀엽고 어른스러운 NPC지만, 평소에는 출입이 금지된 궁정 안에 있기 때문에 좀처럼 만날 기회가 없다. 레어 캐릭터다.

리엘리즈 공주를 처음으로 직접 보는 사람도 많겠지.

"앗! 리엘리즈 공주다. 아니타 씨도."

요전의 한정 퀘스트에서 신세를 진 공주의 호위인 여기사 NPC 아니타 씨.

그녀도 미인이라, 두 사람이 모이자 무척 호화로운 그림이 되었다.

우리가 앉은 긴 의자들 안쪽에는 제단이 있었다.

거기로 올라간 리엘리즈 공주가 싱긋 미소를 보였다.

아키라의 말이 들렸는지 이쪽에 미소를 짓고 있는 것처럼 보였다.

"후후…… 우수한 레이그란트 마법 학원 여러분과 만나게 되어, 맘모스 우레P네요."

"맘모스 우레P……?"

의미 불명! 해설자인 마에다도 없고!

"이, 일단 기쁘다는 뜻…… 이려나?"

아키라도 고개를 갸웃했다.

저 느닷없이 사어를 내뱉는 느낌. 역시 변하지 않았다.

그 탓에 엄청 귀여운데도 4차원으로 보인단 말이지.

회장도 의미 불명의 말에 웅성대고 있었다.

특히 처음으로 공주를 본 녀석은 혼란에 빠지겠지.

"고, 공주님……! 학생들이 멍해져 있습니다. 제대로 해주세요—!"

"어머……! 알고 있답니다."

다들 당혹감에 웅성대는 중, 풀 페이스 가면이 목청을 높였다!

"하지만 기다려라—! 해설하지!『맘모스 우레P』는 무척 기쁘다는 뜻을 의미하는 조어다! 이전 세기의 여성 아이돌이 유행시킨, 이른바『노리P어(語)』중 하나이기도 하지— 이상이다!"

아아, 응. 박식하시네요.

그래. 알맹이는 머리 좋겠지. 사장 같은 걸 하고 있지 않았던가?

그렇다—. 바보지만 바보는 아니다. 그저 변태일 뿐. 심플하게 변태인 거다.

"어머, 그건 뭔가요? 무척 개성적인 패션— 인도인도 깜짝 놀라겠네요."

왜 인도인인지 생각하게 되는 건 내 잘못인가?

신경 쓰면 지는 건가—.

그보다도 이걸 앞에 두고도 기겁하지 않다니 역시 공주. 하이센스로군.

옆에 있는 아니타 씨는 명백하게 기겁해서 표정을 일그러뜨렸는데.

"하지만 기다려라—. 칭찬해주시니 영광입니다."

일어나서 우아하게 인사했다.

움직임만큼은 각이 딱 잡혀있어서 더욱 수상했다.

그나저나 공주와 오라버니의 조합은 강렬하네.

보기만 해도 위가 아파질 것 같다.

태클 걸 곳이 너무 많아서 이야기가 진행이 안 되네.

"공주님. 공주님. 슬슬 본론으로—."

"아아, 그랬죠. 아니타. 어흠— 그럼 이번 미션에 대해 설명해드리도록 하겠어요."

오, 아니타 씨 나이스. 겨우 본론으로 들어가는 모양이다.

"얼마 전 미슈르 대륙 미슈리아국(國)으로부터 저희 티르나에 인재 교류 신청이 있었답니다. 말하기를, 미슈리아의 장래 유망한 젊은이를 부유도시 티르나의 환경에서 단련해주지 않겠나— 라는 거죠. 미슈리아는 최근 이웃나라 카라나트와의 분쟁이나 몬스터의 이상 발생을 대처하면서 많은 인재를 잃어서 나라를 이끌어나갈 영웅의 육성이 급선무랍니다. 오랜 친분이 있는 미슈리아의 부탁이니 거절할 수는 없었지요. 저희 왕가는 미슈리아의 젊은이를 받아들이기로 했습니다."

흠흠—.

동맹국이 위기다⇒인재 육성 도와줘. 사람 보낼 테니까⇒ ㅇㅋ 받아들일게.

이런 느낌인가. 뭐, 평범하게 이해할 수 있는 이야기다.

"저희 티르나의 최고 학부라면 물론 레이그란트 마법 학원이죠. 거기서 여러분이 모이게 된 겁니다. 각 길드마다 미슈리아의 영웅 후보를 한 명씩 받아들여서, 각각의 방식으로 그들을 단련해주셨으면 합니다. 저는 그럼으로써 여러분 역시 성장하실 수 있으리라 생각합니다."

그렇군, 그래서 길드 대항 미션이 『영웅 육성』인 건가.

"그렇구나…… NPC를 단련하는 레이스네. 재미있어 보이잖아."

"조금 귀찮아 보이는군…… 모든 구역에서 PK 제한을 풀어버리는 대인전 축제가 좋은데……."

"평소에도 대인전만 하면서, 일부러 길드 대항으로 할 것까지는 없잖아."

"흥. 어떤 것이든 극치에 도달하려면 그것에 전념하는 게 필요한 거다."

유키노 선배네가 서로 감상을 말했다.

"한 달 후에 영웅 후보끼리 경기회를 열어, 그 성과로 각 길드의 순위를 매기도록 하겠습니다. 경기회의 상세한 사항은 이후에 전해드리겠습니다만, 상위 진출한 길드에게는 당연히 보상을 준비해 놓았으니 기대해주세요."

우, 불길한 예감―.

또 『프린세스 스킬 링』은 아니겠지…….

프린세스 스컬 링 (O)

종류 : 액세서리　장비 가능 레벨 : 1

특수 성능 : 습득 경험치 3배.

**　　　　단, 레벨 업시 스테이터스 상승량이 1/3이 된다.**

이거 말이야, 이거.

잠깐 검증해봤는데, 평소에 달고 다니다가 레벨 업 전에 빼낸다는 황금 패턴은 당연하게도 통하지 않았다.

한 번이라도 장비하면 이미 다음 레벨 업 스탯 업량이 줄어버린다.

슬프기 때문에, 일부러 전투 불능이 되어서 경험치를 잃어 레벨을 내려서 원래대로 돌아갔다.

레벨 41에 장비해서 42 때 상승량이 내려갔기에, 그걸 캔슬하려면 41로 돌아가는 게 아니라, 40까지 돌아가서 다시 41이 되지 않으면 안 된다.

경험치를 줄이기 위해 몇 번을 죽었는지—.

엄청 쓸데없는 시간을 소비했다고! 이제 안 할 거야!

솔직히 지금은 용도를 알 수 없는 수수께끼의 아이템이라니까.

"그런고로— 지금부터 어느 길드가 누구를 맡을지를 결정하도록 하겠습니다. 미슈리아의 영웅 후보 여러분을 불러오

겠으니 스테이터스나 성장률 등을 잘 보시고 결정해주세요. 그럼 여러분, 들어와 주세요."

리엘리즈 공주가 신호하자, 차례차례 영웅 후보 NPC들이 입장했다.

그랬구나, 이건—!

"오오오오! 왠지 드래프트 회장 같아! 좋아, 두근두근한데!"

"후후후, 그러게! 여러 사람이 있어!"

텐션이 올라간 건 나와 아키라만이 아니라, 나란히 앉은 길드 마스터들의 시선이나 분위기도 열기를 띠었다. 술렁술렁한 열기가 이 회장을 감쌌다.

자, 우리의 드래프트 1순위는 누구입니까!

"또한, 각 길드의 선택 희망 후보가 중복된 경우에는 제비뽑기로 결정됩니다. 하지만 그 전에— 특례를 두겠습니다."

호오, 특례?

"저희 왕가에 대한 다대한 공적을 평가하여— 길드 데몬즈 크래프트 여러분께는 다른 길드보다 우선해서 1번으로 후보를 선택할 수 있는 권리를 드리겠습니다."

"어?! 진짜로?!"

"와, 굉장해~! 해냈다아!"

목소리를 높인 우리에게 리엘리즈 공주가 웃으며 끄덕였다.

"그랬구나—『프린세스 스컬 링』만이 포상이라니 이상하다고 생각했어."

"이번 우선권이 진짜 보수라는 거지?"

"응응. 그렇다 이거지이, 이건 클지도 모르겠어."

아무튼 다수 구단이 경합하는 드래프트 1순위를 추첨 없이 가져올 수 있다는 뜻이니까.

이게 얼마나 큰지는, 프로야구를 조금이라도 아는 사람이라면 알 거다!

예배당 벽을 따라 『영웅 후보』 NPC들이 정렬했다.

아직 전원이 모인 게 아닌지 차례차례 사람이 들어왔다.

길드의 숫자만으로도 50은 거뜬할 테니까, 그만큼 후보 숫자도 많은 거겠지.

나는 일단 끄트머리부터 후보자들을 살폈다.

노멀한 인간도 있거니와 엘프도 있고, 수인이나 리저드맨도 있다.

꽤 버라이어티가 풍부하네. 리슈리아는 다민족 국가인가.

부유도시 티르나는 인간 메인인데 말이지.

"와~ 이것저것 골라잡을 수 있네~!"

"흐음…… 레벨도 종족도 제각각이네."

현재 레벨이 1이나 3 같은 낮은 사람도 있고, 30~40 정도는 되는 사람도 있다.

"역시 초기 레벨이 높은 쪽이 유리하겠지?"

"그야 그렇겠지. 육성 기간은 정해져 있으니까."

"나머지는 스테이터스 성장률과, 소지하는 스킬에, 종족

마다 다른 특성과—."

"그리고 뭐니 뭐니 해도, 외모도 중요하겠지~."

"하핫, 뭐 그것도 중요하겠군요."

"렌은 역시 여자아이 캐릭터가 좋아? 어떤 아이가 취향일까~? 내가 저 안에 들어가면, 골라줄래?"

"어? 으음…… 만약의 이야기는 하지 않겠습니다!"

"아, 치사해~. 얼버무렸어."

아키라는 싱글벙글하며 뺨을 찔렀다.

"그만둬……! 자, 진지하게 고르자고."

"그래그래."

그렇게 이야기를 나누는 우리를 유키노 선배와 호무라 선배가 지켜봤다.

유키노 선배는 흐뭇하게, 호무라 선배는 조금 차가운 느낌이다.

"하하하. 렌과 아키라는 정말로 사이가 좋군."

"눈꼴신단 말이지……. 아~. 나도 남친 갖고 싶다."

"너에게는 무리다, 포기해. 그 성격으론 말이지."

"뭐어?! 너한테 듣고 싶지는 않거든! 너도 나이=남친 없는 기간이잖아!"

"나는 딱히 원하지 않으니까. 전혀 상관없다만."

그런 말다툼을 하는 모습을 곁눈질하며 눈에 띄는 후보를 픽업.

영웅 후보 NPC들은 레벨이나 이름 말고도 스테이터스 성장률 그래프나 소지 스킬 리스트도 열람할 수 있게 되어있다. 직업 개념은 없는 것 같다.

　초기 레벨이 높은 사람, 스테이터스 성장률이 높은 사람, 소지 스킬이 풍부한 사람—.

　외모는 뭐, 특별히 얽매이지 않는다. 딱히 남자라도 상관없다.

　우리 길드는 남자가 나뿐이라 조금 주눅이 든단 말이지.

　으~음. 역시 초기 레벨이 높으면 스테이터스 성장률은 낮은 경향이 있네.

　레벨이 낮더라도 스테이터스 성장률이 높은 쪽에 로망이 느껴지는 게 일반적이다.

　그리고 레벨도 스테이터스 성장률도 높은 데다 좋은 스킬을 가진 캐릭터가 가끔 있다.

　이른바 우대 캐릭터입죠.

　특히 눈에 띄는 게—.

셀피 뮤즈
레벨 62　엘프

【프로필】
미슈리아국에 사는 엘프 족장의 딸.

강대한 마법 재능을 가졌지만, 다툼을 좋아하지 않는 부드러운 성격.

【성장률 (근/내/재/민/지/정/매)】
　2 / 3 / 4 / 4 / 8 / 7 / 5

※습득 마법 다수. 공방 모두 소지.
　마법 능력 상승 계열 스킬도 완비.

초기 레벨 ◎, 성장률 ○, 초기 기능 ◎, 이라는 느낌이다.
이 사람, 육성 없이도 우리보다 강합니다만. 즉시 전력이다.
게다가 금발 미소녀 엘프란 말이지.
드래프트 1순위 지명이 집중되겠구만.
그리고—.

미코토 코플
레벨 58　수인(웨어울프)

【프로필】
　미슈리아 변경의 수인 마을에 사는 여전사.
　젊기에 마을 밖으로 나온 적이 거의 없다.
　그러나 이미 실력은 마을에서 1, 2위를 다투는 천재아.

【성장률 (근/내/재/민/지/정/매)】
6 / 6 / 7 / 7 / 2 / 2 / 6

※전투계 스킬 다수 소지. 도발계 스킬도 완비.
　또한 레벨 업에 필요한 경험치량을 내리는
　『천부의 재능』도 가졌다.

이쪽도 초기 레벨 ◎, 성장률 ○, 초기 기능 ◎, 인가.
　전열계 우대 캐릭터네. 레벨도 평균보다 올리기 쉬운 것
같고.
　이 두 사람이 2강인가? 어느 쪽도 미소녀 캐릭터니까 인
기가 많을 것 같다.
　남캐도 노력해줬으면 하는데一.
　아, 이런 캐릭터도 있네.

알프레드 브리즈
레벨 1　인간

【프로필】
　미슈리아 지방 귀족의 아들.
　그러나 전란으로 영지는 타국에 빼앗겼기에, 귀족이긴

하지만 이름뿐이다.

가문의 부흥을 목표로 영웅 후보를 지망했다.

【성장률 (근/내/재/민/지/정/매)】

7 / 7 / 7 / 7 / 7 / 7 / 7

※『대기만성』을 소지.

레벨 업에 필요한 경험치량이 늘어나는 대신 성장률에
보너스를 얻는 효과.

초기 레벨 ×, 성장률 ◎, 초기 기능 ○, 인가.

레벨을 따라잡으면 최강 후보겠네.

겉모습은 누님이 좋아할 만한 귀여운 미소년이다.

"셀피와 미코토가 강해 보이네. 알프레드도 성장하면 최
강일지도."

"응, 그러게."

뭐, 상식적으로 생각하면 그렇겠지.

누가 봐도 대부분 그런 결론을 내릴 거다.

우리는 우선 지명권이 있으니까 이 중에서 누군가를 고르
면 문제없을 거다.

그래도— 그래도 말이지……

언제나 생각하거든. 우대받은 조건으로 우대받은 결과를
남기는 게 뭐가 즐겁냔 말이지.

"으음…… 다른 건—?"

나는 새로 들어온 NPC의 스테이터스를 봤다.

쿠자타 제트

레벨 55   조인종(쿠자족)

【프로필】

　　미슈리아에 사는 조인종 중에서도

　　이름이 알려진 마법전사.

　　용맹하면서도 냉정하며 경험 풍부.

　　쿠자족은 하늘을 날 수 있다.

【성장률 (근/내/재/민/지/정/매)】

　　　5 / 4 / 6 / 5 / 4 / 4 / 5

※전투계 스킬과 공격마법계 스킬을 다수 보유.

오오, 이쪽도 꽤…… 아니, 본 적이 있는데?!

아까 코코루와 같이 있던 조인종이다.

그렇다면—?

"앗! 코코루도 있어!"

아까 만났던 닭 조인종 코코루도 있다!

그렇군, 저 녀석도 이 후보였던 건가—.

그럼, 코코루의 스테이터스도 볼까.

코코루 선더스

레벨 1   조인종(코케족)

【프로필】

　　미슈리아 왕도에 가게를 둔 상인의 아들.

　　조인종 중에서도 코케족은 비행할 수 없고, 약하다.

　　그 때문에 상업을 생업으로 삼은 이가 많다.

　　상업의 재능은 있지만 싸움의 재능은 없다. 겁 많은 성격.

【성장률 (근/내/재/민/지/정/매)】

　　　　1 / 3 / 1 / 1 / 1 / 1 / 1

※특수 스킬

　수습생 근무　　길드숍의 점원을 맡을 수 있다.

　하청업 직공　　플레이어의 지시에 따라

　　　　　　　　　공방에서 생산을 맡을 수 있다.

　벼룩의 심장　　배틀 중 모든 능력치가 다운된다.

이봐아아아아아! 뭐야, 배틀 중 모든 능력치 다운이라고!

『수습생 근무』와 『하청업 직공』은 좋지만, 배틀에 부적합.

음. 이건 초기 레벨 ×, 성장률 ×, 초기 기능 ×, 로구만!

큰일인데, 코코루. 이건 최약 후보잖아—.

프로필에도 싸움의 재능이 없다고 적혀있고.

다른 조인종은 다들 레벨 30 이상은 되고, 성장률도 나쁘지 않다. 게다가 날 수 있고.

이 스테이터스와 성장률과 저주받은 스킬로는 힘들겠는데.

"우, 우와…… 코코루, 상당한 스테이터스네……."

"그래…… 어느 의미로는 예술적이라고나 할까……."

그러나— 그러나—.

그렇기에—!

그렇다. 우대받은 캐릭터를 써서 결과를 남기는 게 뭐가 즐겁냐는 말이지!

"큭큭큭큭— 쿠훗…… 쿠후후후후후후……."

나의 의미심장한 웃음을 본 아키라가 움찔했다.

"왜, 왜 그래?! 배 아파?"

"아니, 그게 아니야…… 좋네—! 찾았어, 찾았다고……!"

"앗! 레, 렌. 설마……?"

"마개조! 각성! 자이언트 킬링! 코코루에게는 그 모든 로망이 담겨있다고 생각하지 않아?!"

"나, 나왔다! 언제나 나오는 렌의 병……! 눈이 반짝반짝하고 있어!"

"아키라도 아까 말했지? 다음에 만나면 힘이 되어주고 싶다고."

"으, 응—."

"자, 또 만났다고! 지금이 그때가 아닌 겐가?! 아키라 군!"

아키라는 전혀 반론하지 못했다.

그뿐만 아니라, 싱글벙글 미소를 지었다.

"후후훗. 알고 있다니까. 반대는 하지 않을 건데?"

"오오— 진짜로?!"

"역시 렌은 흔들리지 않네~. 바보지만, 이래야지 렌이라는 느낌."

"역시 마이 베스트 프렌드! 말이 통한다니까!"

"응응. 나는 벌써 포기했으니까~?"

"으응? 왠지 남 듣기 안 좋은 소리 같은데?!"

"기분 탓 기분 탓. 좋~아, 이걸로 가자!"

"그래! 해보자고!"

"웅! 오케이!"

이렇게 우리의 드래프트 1순위는 전원 일치로 결정됐다!

그리고—.

"—그럼 여러분, 착석을! 선택과 추첨에 들어가려고 합니다."

리엘리즈 공주가 이 자리를 권리했다.

"우선 조금 전 말씀드린 대로, 데몬즈 크래프트 여러분. 원하시는 영웅 후보를 지명해주세요."

""네!""

나와 아키라는 함께 일어났다.

주변 길드 마스터들에게서 저 아이는 지명하지 말아줘~ 라든가, 저 녀석은 남겨줘~ 라는 목소리가 들려왔다.

아마 괜찮을걸? 겹치지 않을 거라 생각합니다!

""코코루 선더스를 부탁합니다!""

우리는 코코루를 척 가리키며 선언했다.

""""에에에에에에에에에에에에에엑?!""""

회장이 비명 같은 경악에 휩싸였다.

"무, 무슨 생각이야 저 녀석……?!"

"잘 보니 얼마 전 대인전 이벤트에서 무식하게 돈을 내버리던 바보잖아……!"

"우와아, 아키라까지 말려들었어……!"

이 상황에는 역시 리엘리즈 공주도 어이없다는 표정을 보였다.

남의 호의를 헛되이 낭비하다니―! 라고 얼굴에 쓰여있다.

"이, 이봐. 렌에 아키라! 다시 생각해라! 아무리 그래도 이 건……!"

"맞아. 너희의 작은 길드로는 원래부터 육성 인원이나 자금이 불리하니까……! 그렇게나 제약을 할 건 없지 않아?"

유키노 선배와 호무라 선배도 안색을 바꾸며 제지했다.

"아키라. 이럴 때는 아키라가 렌을 막아줘야 하잖나……. 왜 한통속이 되어서—."

"아니에요, 유키노 선배—. 이번만큼은, 저도 대찬성이라고요!"

오오, 아키라의 눈이 화르륵 타오르고 있어!

아까 코코루가 괴롭힘을 당하던 현장을 보고 말았으니까.

그게 어지간히 마음에 안 들었나 보다. 뭐, 나도 그건 울컥했지만.

그나저나 아키라는 참 다정하네? 으~음, 다시 반하겠어.

응? 다시 반해? 어라? 응……?

으~음, 뭐 됐다. 계속 가자!

"하지만 기다려라. 외야에서 너무 이러쿵저러쿵 따질 일은 아니지, 뭔가 죄를 범한 것도 아니지 않은가. 게다가, 너무 소란을 부리는 건 선발된 그에게도 실례인 것 아닐까? 존엄을 상처받을 수도 있으니까. NPC라 해도 하나의 인격이잖나?"

그 말에 회장이 물을 끼얹은 듯이 조용해졌다.

좋은 말을 하기는 했지만, 아무도 얽히고 싶지 않을 게 틀림없다.

내용적으로는 좋은 말을 한 것처럼 보이지만, 태클 걸 구석이 넘쳐나니까.

"아니, 네 차림새야말로 범죄적이다 꼬꼬. 어느 입으로 하는 말이냐 꼬꼬?"

오오, 코코루! 태클을 걸었잖아. 너 굉장하네!

"홋…… 이 세계에 공연외설죄는 존재하지 않아. 그러므로 문제는 없지."

아니, 빨리 존재하게 되었으면 좋겠는데!

일단 리엘리즈 공주가 이후를 이어받았다.

"그, 그럼— 데몬즈 크래프트가 담당할 영웅 후보는 코코루 선더스로 결정됐습니다! 그럼 코코루 씨는 그들에게 가 주세요."

공주님이 재촉하자 코코루가 영차영차 움직여서 우리에게 다가왔다.

몸통이 술통처럼 둥그니까 움직임이 코미컬하네.

"꼬, 꼬꼬…… 아까 그 사람들 맞지 꼬꼬……?"

"그래, 나는 렌이야! 잘 부탁한다, 코코루!"

"나는 아키라야, 코코루!"

"미, 미안 꼬꼬. 그런 모습을 보인 탓에 나 같은 걸……."

"네가 사과할 것 없다니까! 우리는 네가 좋았단 거야."

"응응! 환영할게! 기왕 이렇게 됐으니까 즐기자."

"꼬꼬…… 자, 잘 부탁한다 꼬꼬~."

인사를 나누는 우리는 거들떠보지도 않은 채, 드래프트

회장은 이어졌다.

"네, 그럼…… 다음 지명에 들어가겠습니다—!"

우리로서는 좋은 드래프트 회장이었다고 생각한다! 만족!

　　길드 대항 미션의 드래프트 회장으로부터 사흘이 지났다.

　　"다녀왔어~."

　　수업을 마친 우리가 길드 하우스로 돌아오자 코코루가 맞이했다.

　　"아, 다들 어서 와라 꼬꼬~!"

　　길드숍 내부의 카운터 안쪽 의자에서 폴짝 뛰어내렸다.

　　거동 하나하나가 코미컬해서 애교 있는 녀석이다.

　　"뀨~뀨~! 치킨……! 치킨……!"

　　류가 코코루의 머리 위에 올라가서 콱 깨물며 장난을 쳤다.

　　"꼬꼬?! 그만둬라 꼬꼬! 포식하지 마라 꼬꼬?!"

　　파닥파닥 돌아다닌다.

　　"아하하하. 류가 코코루를 잘 따르게 됐네."

　　"아니, 진짜로 먹으러 갔다는 설도 있거든. 류가 조금만 더 컸다면 위험하지 않을까……?"

　　"괘, 괜찮아 분명히— 일부러 그런 이벤트를 만들 것 같지는 않고……."

　　"어떨까…… 바보 같은 부분의 완성도는 이상하게 높으니까~."

"타카시로까지……! 위협하지 마."

"렌, 렌! 자, 이거 받아라 꼬꼬!"

"응?"

코코루가 내게 아이템 트레이드를 걸었다. 게다가 돈도.

11만 미라에 길드숍용 래핑 아이템 다수다.

내가 부탁해놓은 수량과 디자인을 확실하게 지켰다.

"오~ 꽤 팔렸네! 게다가 합성도 완벽해! 고맙다!"

"한동안 신세를 질 테니까 꼬꼬. 머물게 해주는 만큼 노동으로 갚을 거다 꼬꼬."

그렇다. 코코루는 『수습생 근무』와 『하청업 직공』을 갖고 있어서 길드숍의 점원을 맡길 수 있다. 또한 틈틈이 상품 보충을 위한 합성도 해준다.

마침 점원 NPC를 원했으니까, 그 점에서는 딱 맞는 보강이었다.

상인의 아들답게 상업의 재능이 있어서, 가게 밖에서 호객행위까지 하며 손님을 늘려주고 있다. 수업 중에 가게를 맡겨두면 우리가 가게를 볼 때보다 150퍼센트 정도의 페이스로 매상을 올리고 있다.

점원 NPC로서는 사실 굉장히 유능했던 것이다.

단지, 레벨 업은 아직 하지 못해서 레벨은 1 그대로다.

아직 가게 일에 익숙하지 않으니까— 코코루는 그렇게 말하고 있지만……

아무리 그래도 슬슬 행동을 시작해야겠지.

"그럼, 코코루. 오늘은 지금부터 레벨 올리러 가자고!"

"아싸, 기다렸다구! 레벨 업 레벨 업♪"

야노는 레벨 업을 좋아하니까. 기뻐 보인다.

"그래야겠네. 슬슬 움직이지 않으면 다른 길드에게 뒤처질 테니까."

"그러게! 힘내자, 코코루!"

"꼬, 꼬꼬…… 정말로 하는 건가 꼬꼬……? 모처럼 나를 데려와 준 너희에게는 미안하지만 꼬꼬, 나 따위를 단련해 봤자 소용없을 거다 꼬꼬. 재능이 없는 건 나도 잘 안다 꼬 꼬…… 점원 일을 하는 편이 도움이 되지 않을까 꼬꼬……?"

"그래, 점원 일을 하는 너는 무척 도움이 되고 있어. 그러니까, 이미 도움이 되고 있으니 단련해봤자 소용없다고 생각할 건 없다고. 놀러 간다고 생각하면 되니까."

"그, 그래도 상관없다면…… 잠깐 가볼까 꼬꼬—."

"좋아, 그럼 장비를 갖춰볼까—."

우리는 코코루용 장비를 살폈다.

NPC도 무기, 방어구 장비는 물론 할 수 있으니까.

그걸 코디네이트하는 것도 이쪽 일이다.

단지, 뭐든 장비할 수 있는 게 아니라 캐릭터에 따라 장비 가능한 계통이 정해진다.

코코루의 경우는 가죽 갑옷이나 사슬 갑옷 계열까지만

가능한 경전사 타입이었다.

무기, 방어구류는 장비 가능한 레벨이 있으니까, 일단 레벨 1이라도 입을 수 있는 걸 한 세트.

그 정도라면 내가 여유롭게 합성할 수 있기에 합성해서 장비시켰다.

"무기는 무슨 계통이 좋아?"

코코루가 장비할 수 있는 것은—.

단검, 검, 창, 채찍에— 그리고 기계궁, 즉 보우건이다.

꽤 장비할 수 있는 종류가 많네. 내 문장술사는 기본 지팡이 온리입니다만.

"직접 베거나 때리거나 하는 건 서툴다 꼬꼬……."

"그럼 보우건으로 할까?"

"그러자 꼬꼬."

좋아, 그럼 기본인 『우드 보우건』과 『우드 볼트』를 만들어서—.

일단 이걸로 코코루의 전투 준비 완료!

"좋아, 나가자!"

""""오~!""""

그런고로 이동!

미슈르 대륙 팀버의 숲에 찾아왔습니다!

이곳은 전에 아키라와 『대롱 화살』의 성능 검증을 하던 곳이다.

적도 꽤 많으니까, 사냥터로서는 나쁘지 않겠지.

그러나—!

"……어라? 적이 없어……?"

전에는 밴디트 울프가 우글우글했는데—?

"꼬꼬? 아무것도 없는 곳이다 꼬꼬."

"이상하네. 전에는 적이 엄청 많았는데."

"우연 아냐? 분명 조금 지나면 나올 거라구."

"그러게. 기다리자."

그리고 1분 경과. 2분 경과— 5분!

이상하다! 이 주변의 적 리스폰 시간은 5분일 텐데.

즉, 쓰러진 뒤에 5분이 지나면 재출현한다.

그런데 리스폰되지 않는다. 그건 즉— 쓰러지지 않고 어딘가에 있다?!

"왠지 이상한데…… 잠깐 이 주변을 뒤져보자."

모두와 함께 잠깐 숲 안으로 나아갔다.

그러자—.

크릉! 크르릉! 크릉! 크릉! 크릉! 크르릉! 크르릉!
크릉! 크르릉! 크릉! 크릉! 크릉! 크르릉! 크르릉!
크릉! 크르릉! 크릉! 크릉! 크릉! 크르릉! 크르릉!
크릉! 크르릉! 크릉! 크릉! 크릉! 크르릉! 크르릉!

계속 크릉크릉 하는 소리가 들려왔다!

이건 밴디트 울프의 울음소리네.

숲 안쪽의 트인 곳으로 나왔다.

"앗?! 뭐 하는 거야—!"

어마어마한 숫자의 밴디트 울프가 그 자리에 우글댔다!

그 숫자는 100마리를 넘을지도 모른다.

마치 이 숲의 적을 전부 모아놓은 듯한—.

그 녀석들이 플레이어 한 명을 둘러싸고 마구 공격을 해 대고 있었다.

터무니없는 집단 린치지만, 둘러싸인 본인은 너무나 태연했다.

레벨이 100을 넘어서 꽤 높고, 반면 밴디트 울프는 30 전후.

레벨차가 너무 심해서 100대 1이라도 대미지를 줄 수 없는 거다.

우리를 눈치챘는지, 그 플레이어가 목소리를 높였다.

"홋후후후…… 미안하네, 너희들. 이 사냥터의 적은 이미 내가 키핑했다! 여기에 있어봤자, 너희 NPC에게 먹여줄 경험치는 없다고!"

뭐라고— 그런가. 이건, 길드 대항 미션에서의 방해 공작이구나!

사냥터를 봉쇄해서 다른 길드 NPC의 레벨 업을 봉쇄할 생각인가!

으~음, 이건 상당한 잔학 파이트다! 이런 짓을 저지르는구나……!

"그렇군…… 상당한 잔학 파이트네―."

"응― 이게 길드 대항 미션이구나. 이 정도까지 하는 건가아."

아키라도 꿀꺽 숨을 삼켰다.

저렇게 적을 키핑해버리면 이쪽에서는 손댈 수가 없다.

시스템상 먼저 자기 파티가 어그로를 가져간 몬스터에게는 다른 파티가 손댈 수 없다. 몬스터의 점유권이라는 거다.

그러지 않으면, 가끔 나오는 레어 몬스터와 싸우고 있는데 옆에서 때려서 적을 쓰러뜨리고 드롭 아이템을 강탈할수 있게 되니까.

그걸 봉쇄하기 위한 일반적인 시스템이긴 하지만, 아무튼먼저 어그로를 번 사람에게 점유권이 생기므로 좋은 아이템이 나오는 레어 몬스터 등은 파티끼리 대항해서 리스폰되면즉시 낚아채기 위한 전투가 벌어지기 십상이다.

나온 순간 도발 스킬을 날려서 우선권을 얻기 위해 수많은 파티가 숨을 죽이고 있어서, 마치 단거리 경주 스타트 직전인 듯한 긴장감을 맛볼 수 있다.

아이템에 눈이 먼 인간들의 뜨거운 싸움이 그곳에 있다.

점유권 소유 방식의 반대는, 누구나 옆에서 마음대로 같은 적을 때릴 수 있는 간섭 가능 방식이지만― 이 게임의레벨 업에 사용하는 사냥터는 대부분 우선권 방식이다.

이벤트나 미션에서는 간섭이 OK인 경우도 있다.

일단 눈앞의 현상을 따져보면, 약 100마리의 점유권을 모두 따버렸기에 우리는 손댈 수 없다. 이 사냥터는 쓸 수 없겠어.

원래라면 이런 건 민폐 행위로 GM에게 보내야 할 안건이지만—.

저 플레이어의 소속 길드, 피스메이커^{평화의 수호자}란 말이지.

피스메이커는 학생회란 말이야.

평소에는 민폐 행위나 학대 행위 단속도 한다고 한다.

그런데 이걸 하고 있다는 건, 이 이벤트는 이런 수단도 GM이 공인한다는 뜻이다.

"자, 포기하고 다른 데로 가시지! 여기는 내가 한 마리도 주지 않을 거다! 오~ 옳지옳지, 귀엽구나~!"

엄청난 양의 늑대에게 둘러싸인 무○고로우[#1] 상태다.

이 사람, 동물을 좋아하는 건가. 꽤 초현실적인 그림이네.

"어, 어쩔 거냐 꼬꼬……?"

"장소를 옮길 수밖에 없잖아? 다음 가자, 다음!"

"가까우니까, 아우미슈르 대고분 쪽에 가볼래?"

마에다의 제안을 받아들이기로 했다.

"그럴까— 그럼 이동!"

#1 무○고로우 일본의 동물연구가 무츠고로우. 동물을 사랑한 나머지 기행을 벌이는 걸로 유명하다.

그리고 자리를 옮겼는데—.

"앗! 여기도냐!"

대고분 위쪽 평야 부분에는 역시 커다란 몬스터 집단을 만든 플레이어가 오로지 그걸 키핑하고 있었다.

이번 플레이어의 소속은— 미스틱 아츠?!
^{신비한 무술}

유키노 선배네냐! 역시 다들 하는구나……!

그렇다면, 호무라 선배의 그랑 뮤지엄도 하고 있겠군.
^{전람 박물관}

카타오카가 있는 널리지 레이크도 이런 식으로 하고 있다 면……?

"일단, 안쪽도 확인해보자!"

우리는 대고분 안에 발을 들였다.

보통은 벽 한 면을 새빨간 크림슨 머미가 온통 메우고 있을 텐데—.

"아차~! 깔끔하게 아무것도 없습니다만?!"

"혹시, 전 세계적으로 사냥터가 없어지고 있는 걸까……?!"

야노와 마에다가 목소리를 높였다.

"진짜로 마에다의 말이 맞을지도……!"

"사냥터를 없애버리면, 다른 길드 후보의 레벨 업을 방해할 수 있으니까—."

"하지만, 지금까지 다른 길드의 NPC는 보지 못했어."

"맞아. 사냥터를 없애기 위해 키핑만 하고 있다구."

"다른 곳을 방해하는 건 좋지만, 자기들의 후보 육성은 어쩌려는 거지?"

"모르겠네. 수수께끼야."

"아무튼 자리를 옮기는 편이 좋겠어."

"그래. 어딘가 쓸 수 있는 곳을 찾아야겠지……."

"트리니스티 섬은? 위쪽 계층이라면 조금은 레벨을 올릴 수 있을지도."

어쩔 수 없지. 그쪽으로 가볼까—.

상당한 헛수고를 하고 말았지만, 트리니스티 섬으로.

그러나 가장 위쪽인 제10층도 사냥터가 이미 황폐해져 있었다.

으그그극—! 한 층씩 내려가 보자—.

"……결국 여기냐! 다녀왔어!"

눈앞에는 멍한 표정으로 폴짝폴짝 뛰는 아일랜드 버니 사부님이 있다.

이미 노스탤지어마저 느껴지는 트리니스티 섬 1층에 찾아왔습니다!

여기밖에 비어있지 않았다고! 여기는 레벨 3이면 이미 경험치가 들어오지 않게 되니까, 아무리 그래도 할 의미가 없다며 묵인해준 모양이다.

"아하하하…… 뭐, 아무것도 하지 않는 것보다는 낫지. 일단 레벨 3으로—."

"그러게. 좋아, 코코루. 저 녀석을 쓰러뜨리며 레벨을 올리자!"

"꼬, 꼬꼬…… 해, 해보겠다 꼬꼬……."

"힘내! 코코루!"

아키라의 성원을 받으며 코코루는 보우건을 꺼내 조준했다.

어디, 코코루에게는 『벼룩의 심장』도 붙어있는데— 어떻게 굴러갈까.

보우건을 가진 손이 떨리고, 화살 끝이 마구 흔들렸다.

이거 맞출 수 있을까……?

"꼬, 꼬…… 꼬끼오~!"

날아간 보우건의 화살은 노리던 곳하고는 전혀 다른 엉뚱한 곳으로 날아갔다!

둥근 궤적을 그리며 휘잉 날아가서—.

아, 전혀 다른 곳에 있는 아일랜드 버니 사부님에게— 하지만, 회피했다!

그러나 회피했어도 공격은 공격. 적대 행동으로 간주한다.

공격을 맞은 그 녀석은 당연히 코코루에게 다가왔다.

그리고, 바로 옆에는 또 하나의 아일랜드 버니 사부님이.

동료가 공격받은 걸 보고 같이 다가왔다.

이게 링크라는 거다.

두 아일랜드 버니가 코코루에게 다가왔다.

"꼬꼬꼬꼬꼬, 꼬꼬댁?!"

"괜찮아, 코코루. 거리는 있어! 한 번 더 보우건을 세팅해."

"꼬꼬꼬꼬……!"

허둥지둥 보우건 세팅.

발사! 그러나 허둥대서 쏜 순간 반동으로 넘어져 화살이 바로 위로 날아갔다.

코코루에게 다가온 아일랜드 버니 사부님 콤비가 공격을 펼쳤다.

"으갸악?! 나, 나는 먹어도 맛없다 꼬꼬!"

대미지를 받은 코코루는 패닉 상태에 빠졌다.

"도와줄게!"

나는 아일랜드 버니 사부님 한 마리에게 평범한 몸통박치기를 펼쳤다. 뭐, 당연히 상대는 죽는다.

또 하나도 아키라가 스카이 폴의 충격파로 쓰러뜨렸다.

"괜찮냐, 코코루?"

으~음. 보우건을 제대로 쏠 수 없는 남자인가. 적성은 있을 텐데.

이거 『벼룩의 심장』의 영향인가? 아니면 그저 코코루의 성격상 문제?

"우우우우…… 고맙다 꼬꼬. 터무니없이 무서운 적이었다 꼬꼬……."

코코루는 휘청휘청 몸을 일으켰지만—.

푹!

아, 위로 날아갔던 보우건의 화살이! 떨어져서 코코루의 머리에 박혔다!

코코루의 공격. 코코루에게 7의 대미지!
코코루는 코코루를 쓰러뜨렸다.

"꼬, 꼬끼오~~……!"
전투 불능이 된 코코루가 털썩 쓰러졌다!
자폭했어! 얘 자폭했다고!
"그, 그렇군…… 잘 알았어."
"아하하하하하! 자폭했잖아! 어떤 의미로는 굉장하네!"
"풉…… 그, 그만해 유우나. 불쌍하잖아…… 푸크큽—."
"코, 코코루. 괜찮아. 처음에는 다들 실패하니까!"
"뀨~! 치킨……! 마싯써~……!"
류가 쓰러진 코코루에게 달려들어 오물오물 씹고 있었다.
이야~ 이거 단련할 보람이 있겠는뎁쇼…….

◆◇◆

다음 날 아침—.

나는 길드숍 안쪽 공방에서 가게용 아이템 제작에 힘쓰고 있었다.

수업 전 약간의 노동이다.

코코루도 도와주고 있기에 작업이 빨리 끝나서 다행이다.

배틀과 떨어져서 가게를 도와줄 때는 역시 코코루는 유능하다.

그러나 이건 어디까지나 길드 대항 미션의 본래 줄거리와는 상관이 없다.

참고로 코코루의 레벨은 여전히 1이다.

어떻게든 파워 레벨링을 위한 도움을 주려 했지만, 공격이 한 방도 맞지 않는지라…….

『벼룩의 심장』의 효과로 보이는데, 무기 공격이 전혀 맞지 않는다.

단검이나 창 같은 다른 무기로 시험해봐도 완전히 꽝이다.

스테이터스를 대폭 도핑하거나, 마법에 의존하거나, 뭔가 타개책을 생각해야—. 『벼룩의 심장』을 없애버리는 효과의 스킬 같은 게 있으면 좋겠는데.

그쪽을 잠깐 조사해봐야겠다.

지금 상태로 코코루의 레벨을 올리고자 한다면 솔로 상태에서 레벨링은 무리다.

파워 레벨링이 아니라 우리 파티 안에 들어서 우리의 레벨 기준으로 경험치를 받을 수 있는 적을 쓰러뜨려야만 한다.

파티전의 경우, 경험치 계산 기준은 멤버 중 최고 레벨이 된다.

적 레벨이 이쪽보다 너무 낮으면 경험치가 들어오지 않는다.

그러니 트리니스티 섬으로는 안 된다. 레벨이 너무 낮다.

지금 우리는 40 전반이니까, 적 레벨 50 정도의 사냥터가 좋다.

그러나 다른 길드의 방해가 장난이 아니다.

지금부터 어떻게 코코루를 마개조해서 멀쩡하게 만들까―.

게다가 육성을 위한 사냥터도 다른 길드가 황폐하게 만들고 있다―.

생각할 게 많네.

뭐, 그걸 시행착오하는 게 즐겁긴 하지만!

"그나저나, 어떻게 할까~."

"꼬꼬…… 어제는 미안하다 꼬꼬……."

내 중얼거림이 들렸는지 코코루가 어깨를 떨궜다.

"아아, 아냐. 미안. 딱히 네 텐션을 내리려고 생각한 건 아니라고."

"그래도, 나 때문에 곤란한 거지 꼬꼬?"

"괜찮아. 그런 건 알고 있었고, 그걸 어떻게 해서 네가 빛나게 된다면 최고로 기분 좋으니까! 『코코루는 내가 키웠다』를 하고 싶은 거라고, 나는!"

"꼬꼬…… 렌은 악취미인 거냐 꼬꼬~?"

"훗, 그건 내게는 칭찬입니다. 그리고 봐봐, 잘 되면 너를 바보 취급하던 조인종 녀석들도 다시 보게 될 거라고? 너도 그러고 싶지?"

"그야 그렇지만 꼬꼬…… 실제로 그 녀석들이 화내는 것도 무리는 아니다 꼬꼬. 나도 왜 내가 영웅 후보로 선발됐는지 모른다 꼬꼬. 아빠가 뇌물이라도 준 게 아닌지 걱정될 정도다 꼬꼬."

"뭐, 아키라도 주변 녀석들이 너를 다시 보게 해주고 싶다며 불타오르고 있으니까 포기하는 건 아직 일러. 조금 더 어울려달라고. 우리가 어떻게든 해볼 테니까."

나는 코코루의 등을 탁탁 두드리며 격려했다.

"다들 다정하다 꼬꼬…… 하지만 나는 자신에게 자신감을 갖지 못한다 꼬꼬. 자신이 얼마나 치킨[#2]인지 잘 안다 꼬꼬……."

뭐, 닭이니까 치킨이겠지.

멘탈도 조금 개선이 필요할지도 모른다.

"지금부터라도 늦지 않으니까, 후보 변경 같은 걸 해도 된다 꼬꼬. 꼭 부탁한다고 하면 바꿔줄지도 모른다 꼬꼬."

"그런 짓은 안 해. 만약 안 되더라도 그건 그것대로 가게

#2 치킨 치킨은 겁쟁이를 뜻하는 속어이기도 하다.

를 도와준다면 충분히 고마우니까. 그럼, 수업 갔다 올게. 가게 잘 부탁한다."

"응— 갔다 와라 꼬꼬~."

그렇게 나는 코코루에게 가게를 맡기고 학교로.

그리고 마지막 HR— 나카타 선생님이 변함없이 가벼~운 분위기로 우리에게 말했다.

"길드 대항 미션도 계속되는 중이지만, 시험도 가까워져서 곤란하네. 다들 제대로 준비하고 있니~? 뭐, 말할 것도 없이 시험 점수는 MEP가 되니까, 게임 바보로서는 하지 않을 수가 없겠지만? 원하는 탤런트라든가 장비라든가 아이템이라든가, 엄청 많을 테니?"

네, 깨작깨작 하고 있다고요!

이번 시험에서는 극적으로 점수를 끌어올려 보이겠어!

"하지만 게임 바보들의 의욕을 더욱 올려주기 위해, 선생님이 살~짝 정보 누설을 하려고 합니다~."

오오? 뭐야 뭐야?

"실은 정기고사는 시험 점수가 MEP가 되는 것만 있는 게 아닙니다~. 종합 순위에 따라 상품도 받을 수 있답니다~."

오오오오오오오! 교실이 끓어올랐다.

뭐지, 뭘 주는 걸까.

"자, 학년 1위의 경품은 이쪽~!"

선생님이 칠판을 똑똑 치자 거기에 화면이 비쳤다.

그곳에 있는 건— 오오, 비공정인가!

"프라이빗용 비공정입니다~! 고속정이니까 정기선보다 빠르고, 마음대로 조종할 수 있단다!"

"이봐이봐어이, 이거 좋잖아—."

전에 유키노 선배네 길드가 소유한 비공정에 타본 적이 있다.

쾌적하고 즐거웠다.

언젠가 우리도 갖고 싶다고 생각하기는 했다. 비공정끼리 함대전도 구현해놨다고 한다.

그걸 즐기기 위해서도 필요하다.

MEP나 돈으로 입수하려면 코스트가 막대하긴 하니까.

이걸로 얻을 수 있으면 고맙겠네.

게다가 이거 꽤 얻을 가능성이 높다고. 우리에게는 아키라와 마에다가 있으니까.

"아키라, 이거 할 수 있지 않을까?"

"응, 힘낼게! 저거 받아서 온 세상의 절경을 찾아가는 거야! 우헤헤헤……."

아키라의 눈이 반짝반짝 빛났다.

물욕에 물든 미소녀의 근사한 미소로군요.

조금 떨어진 자리에 있는 마에다도 표정을 확 다잡았다.

오오, 의욕적이다. 믿음직하네!

나는 뭐, 저기까지는 무리겠지만 벌 수 있을 만큼 벌겠어!

아직 갖고 싶은 탤런트가 있으니까!

◆◇◆

수업을 마친 방과 후, 모두와 함께 정보상에 가보기로 했다.

"으음, NPC의 『벼룩의 심장』을 지울 수 있는 스킬이나 장비에 대해서— 라."

가게 보기 담당인 카타오카가 정보 열람용 『디르의 마탁』을 조작했다.

"으음…… 없네! 유력한 정보가 없어!"

"진짜냐?!"

"그래— NPC 육성은 전례가 별로 없는 이벤트니까. 수호룡 육성과도 또 다르잖아? 테이머계 직업이 데려오는 펫도 장비나 스킬은 고칠 수 없으니까. 아직 이쪽은 발전도상인 셈이야."

"그거 곤란하네. 으음…… 그럼 또 하나."

"오냐. 추가 요금 3000미라야."

"응."

나는 카타오카에게 정보료를 지불했다.

"그래서, 뭔데?"

"지금 말이지, 길드 대항 미션으로 거의 모든 사냥터가 황폐해졌잖아?"

"그래. 다른 길드에 대한 방해 공작으로 경험치 입수를 차단하는 건 기본 중의 기본이니까. GM도 OK한 것 같고, 우리도 특별반이 하고 있어."

"그래서 사냥터를 서로 뭉개고 있잖아? 그럼 자기 NPC 육성은 어디서 하는 거야? 그게 의문이거든."

"아~ 그거 말이지. 각 길드가 가진 프라이빗 던전이 있어. 거기는 길드 멤버나 초대받은 녀석밖에 들어갈 수 없으니까, 거기서 육성하는 거야."

"앗! 그렇구나— 그래서 다른 길드의 NPC는 안 보이는 거구나……."

마에다가 날카로운 표정을 지었다.

"뭐어! 치사하게! 자기들은 황폐해지지 않은 사냥터를 가지고 있으면서 다른 데를 방해하지 말라구!"

"뭐, 효과적이지만— 정말 가차 없다고나 할까, 다들 진심 또 진심이네."

"노는 거니까 진지하게 놀고 있을 뿐이잖아. 마음은 이해해. 이 학교, 기본적으로 다들 온라인 게임 폐인이니까."

즐거운 놀이이기 때문에, 진지해질 수 있다.

끝까지 몰입해서, 경쟁하여 이기는 게 기쁨이다.

뭐, 스포츠도 비슷한 셈이겠지.

거기에 돈이 발생하느냐 마느냐로 사회적 가치나 지위가 정해지는 거다—.

아, 우리 부모님한테 들은 말입니다. 나도 그렇게 생각하지만.

"프라이빗 던전은 자기들의 인공 부유섬을 소유하고 있으면 거기서 만드는 거니까, 그런 시설이 있는 대형 길드가 아니면 힘들어지겠네."

"실제로 대형 길드가 중견 이하를 떨어뜨리기 위한 작전이라는 거네."

마에다의 말이 옳다.

"으~음. 우리 같은 쪼그만 길드는 불리하잖아……."

"괜찮잖아. 그걸 뒤집는 것이야말로 자이언트 킬링이라는 거지!"

"그래그래. 타카시로는 언제나 그거잖아."

"저기, 카타오카. 프라이빗 던전 말고 방해를 받지 않고 레벨을 올릴 수 있는 곳은 없어?"

아키라의 질문에 카타오카는 오른손을 내밀었다.

"그럼그럼 추가 요금 3000미라야."

짤랑~.

"『하늘의 균열』이라는 게 있어."

들어본 적 없는 단어다.

적어도 언리미티드 월드 가이드북에는 실려있지 않았다.

"뭐야 그게?"

"그 이름대로 하늘에 나타나는 균열이야. 그게 구조가 랜

덤인 인스턴스 던전의 입구가 돼. 입구는 다수가 나오고, 이동하고, 입구마다 각각 다른 던전 취급이니까 항상 감시하면서 사냥터 없애기를 하는 건 무리야. 여기라면 쓸 수 있지 않을까?"

아키라가 흠흠 하고 끄덕였다.

"괜찮을지도 모르겠네. 어떻게 가?"

"하늘에 있으니까 물론 비공정으로 가는 건데— 정기선으로는 무리야. 사든 빌리든 간에 자기들이 움직일 수 있는 비공정이 필요해. 그걸로 입구를 찾아서 들어가는 거야."

마이 비공정인가—!

"음…… 다른 길드에서 빌릴 수 있을까? 웃키 선배나 호무호무 선배나—."

으~음. 웃키 선배는 몰라도 호무호무 선배라고 하면 화내지 않을까?

발음이 조금 귀여우니까 나는 싫지 않지만.

"그래도 부탁하기 힘들지. 선배들은 빌려줄지도 모르지만, 선배네 길드 멤버들이 납득하지 않을 테니까. 그걸 억지로 밀어붙이는 건 마음에 걸려."

두 사람 모두 길드 마스터니까 밀어붙이려면 가능하기야 하겠지.

하지만 그걸로 길드 내부 관계가 험악해지면 미안하다.

"으음, 확실히, 그쪽은 분위기를 읽는 편이 나을지두—."

야노는 이래 봬도 인간관계에서는 신경을 쓰는 파니까.

"그리고, 말이지. 좀 더 중요한 게 있어—."

"빌리는 건 응석이야! 응석을 부리면 자이언트 킬링이 되지 않아! 맞지?"

"네, 아키라 군 정답!"

나는 아키라에게 박수를 보냈다.

"후후훗. 타카시로답네."

마에다도 웃었다.

"나도 찬성이야. 일벌은 여왕벌에게 받아서는 안 돼! 허락되는 건 봉사하는 것뿐 그렇지? 안 그러냐 타카시로!"

"아니, 몰라몰라!"

너도 참 흔들리지 않는 녀석이네!

혹시 이 녀석 마음속에서 여성 플레이어는 전원 여왕벌 아닐까?

그리고 남자는 전원 일벌이고. 으음, 심플한 세상이구만.

"그럼 비공정은 어떻게 확보할 건데?"

"괜찮아. 짐작 가는 건 있어. 남의 힘을 빌려야 하지만— 아까 HR에서 나카타 선생님이 말했었잖아? 시험에서 학년 1위를 하면 받는 포상—."

"아, 그렇구나. 비공정이었잖아! 그럼 코토마와 앗키에게 맡기면 되겠네!"

"응— 맡겨둬. 원래 갖고 싶었으니까 노력할 생각이야."

"응. 점점 질 수 없는 이유가 생겼네!"

아키라도 마에다도 믿음직할 따름이다!

레벨 업 쪽은 어떻게든 길이 보였다.

그렇다면, 나머지는 코코루를 어떻게 그럴싸하게 만들까.

혼신의 마개조를 작렬시키고 싶은데―!

아직 영 형태가 잡히지 않네.

이쪽은 계속해서 검토하도록 하자.

"호~오. 넓~다~! 커다래!"

"오~! 진짜로 굉장한데."

나와 야노는 호화로운 플로어를 보고 감탄했다.

진열용 받침대와 쇼케이스. 거기에 올라간 아이템. 성능 설명 플레이트.

그 일대 일의 조합이 그야말로 터무니없는 숫자로 빼곡하게 늘어서 있다.

역시 아이템충들의 컬렉션.

길드에서 대대로 이어져 온 그 숫자는 수천에 이를 것이다.

여기는 호무라 선배가 길드 마스터를 맡은 길드, 그랑 뮤지엄— 그곳에서 소유하는 인공 부유섬에 지어진 아이템 박물관이다.

코코루의 육성 방침에 대한 힌트를 얻고자 여기로 찾아온 것이다.

정보상도 좋지만, 내가 원하는 정보가 확실해지지 않으면 의미가 없으니까.

코코루의 마개조에 대해서는 아직 어렴풋해서 구체적으로 물어볼 정보가 없다.

여기서 여러 아이템을 보고 이거다 싶은 걸 찾을 수 없을까 해서—.

뭐, 찾아내지 못한다 해도, 전부터 한번 와보고 싶었으니까 기분 전환도 되고 좋겠지.

참고로 여기에 온 건 나와 야노와 류뿐.

아키라와 마에다는 코코루와 함께 가게를 보면서 시험공부다.

이미 시험도 가깝고, 둘 중 누군가는 학년 수석을 따내야 하니까!

그 대신 우리 전력 외 팀은 타개책을 모색하고 있는 것이다.

우리 길드의 공명 같은 무언가로서, 코코루를 어떻게든 해 보이겠어!

그리고 『내가 키웠다』를 해서 기쁨을 맛보고 말겠어!

"아키라 거어~ 아키라 거어~."

류가 어느 쇼케이스 앞에 멈춰서 목소리를 높였다.

말할 수 있는 단어가 늘어난 것 같네.

우리의 이름도 기억해주게 되었다.

코코루를 부를 때는 『치킨』이지만…….

그리고 뭐가 아키라 거냐면, 쇼케이스 안의 아이템이다.

아키라의 애도(愛刀) 『스카이 폴』이다.

그리고 그 옆에는 완전히 똑같은 『스카이 폴』인 줄 알았지만 『스카이 폴+1』이 장식되어 있었다. 엄밀히 말하자면 지금 아키라가 장비한 건 『스카이 폴+1』이다.

의리 있게도 다른 아이템 취급이고, 또 그 옆에는 『스카이 폴+2』까지 해서 세 개가 놓여있었다.

"이렇게 『스카이 폴』을 몇 개나 모으는 건 힘들었겠지……."

확률 수천 분의 1이잖아? 굉장한 열정이네. 역시 아이템 충의 소굴.

아이템 컴플리트율 어느 정도일까.

"오오~ 총이나 방패 같은 것도 잔뜩 있어!"

야노가 눈을 반짝였다.

역시 자기가 쓰는 계통의 장비는 신경 쓰이겠지. 이해한다 이해해.

"오~! 이 『블랙 선더』는 사정거리가 두 배라니, 쩐다! 이런 게 있었네, 갖고 싶어~!"

"호호오~. 사정거리는 정의니까~. 입수 경로는 어떻지? OEX니까 레어 몬스터 드롭인가."

O는 동시에 하나밖에 가질 수 없는 것. EX가 남에게 넘겨줄 수 없는 것이다.

즉, EX 속성은 합성해서 팔 수가 없다.

요컨대 상품으로 취급할 수 없다. 그러므로 합성할 가치가 떨어진다.

그래서 보통은 레어 몬스터 드롭일 거라 추측할 수 있다.

개중에는 합성품 주제에 OEX라는 의미 불명의 물건도 있지만—.

암기라든가 암기라든가 암기라든가 말이지!

"총검도 장식해놨네. 뭐야 이거, 『프리즘 바요넷』이라니. 예쁘잖아!"

쇼케이스 안에서 반짝반짝 일곱 빛깔로 빛나는 총검이 있었다.

확실히 야노의 말대로 겉보기에는 무척 아름답다.

"특수 성능은—『추가 효과 : 적의 약점에 맞춰서 속성 대미지』라. 일곱 빛깔인 건 여러 속성을 가졌다는 의미인가. 이것도 좋은 물건이네."

이쪽도 OEX입니까!

"다음에 정보상에 가서 누가 떨구는지 물어봐야지."

야노가 말했다.

여기, 원하는 아이템을 발견하기에는 좋네.

"일단락되면 이걸 얻으러 가는 것도 나쁘지 않겠어. 아키라가 있으면 경이로운 아이템운으로 떨궈줄 테니까."

"오? 진짜루? 나를 위해서?"

"그래, 좋지 않을까? 요즘 야노에게는 마구 신세를 지고 있으니까. 길드숍을 유행시킨 건 야노 덕분이잖아? 평소의 감사를 담아서 보답하려는 거지."

야노의 디자인이 호평이라 래핑 아이템의 판매는 전체적으로 좋다.

마음에 드는 아이템에 마음대로 페인트를 골라 붙일 수 있는 오더 메이드도 호평이다.

"감사라면, 나두 하고 있는데~. 피차일반이라구."

"어? 그랬어? 부려먹어서 미안하다고 생각하고 있었는데……."

"뭐, 자기도 의식하지 않았던 재능? 그걸 찾아준 기분이 들기도 하구. 손님이 좋아해 주구, 나도 바보는 바보 나름대로 쓸만하다 싶기도 하구. 부끄럽긴 하지만 요즘은 꽤 보람을 느끼고 있어."

수줍어하는 미소가 인상적이었다. 상쾌하네.

야노는 그거다. 갸루인데도 알맹이는 제대로 된 인간이란 말이지.

어느 의미에서는 우리 중에서 가장 멀쩡한 걸지도 모른다.

"그럼 앞으로도 부려먹을 테니 잘 부탁해!"

"오케이~! 그럭저럭 맡겨두라구!"

뭐, 이렇게 친목을 다지는 것도 좋지만 문제는 코코루다.

그 녀석을 각성시키기 위한 키 아이템이 여기에 잠들어 있지 않을까…….

NPC인 코코루는 플레이어와 달리 다섯 개의 탤런트칸이 존재하지 않는다.

그렇기에 그에 해당하는 효과는 장비로 보강해야 한다.

나의 『이큅 링』이나 『러싱 링』같은 느낌의 물건이다.

장비는 주고 나서 바꿀 수도 있으니까.

뭔가 좋은 것 없을까—.

한동안 뮤지엄 안을 왕래하며 이것저것 물색해봤다.

그러던 중—.

"응? 이게 뭐지—."

설명 플레이트가 없는 쇼케이스가 있다.

안에는 타조알인가 싶을 정도의 커다란 알이 보였다.

무슨 알이지? 설명이 없어서 모르겠다. 전시 실수인가?

"큐~? 아~악수……?"

류가 어느 쇼케이스 앞에 멈춰서 고개를 갸웃했다.

안에 있는 건, 이상한 모양의 창이었다.

창끝이 뾰족하지 않다.

원래 뾰족한 창끝이 있어야 하는 곳에는, 어째서인지 악수를 원하는 손 모양 금속 파츠가 있었다.

뭐야 이거?

핸드셰이크 (OEX)

　　종류 : 창　　장비 가능 레벨 : 20

　　공격력 : 1　　획득 AP : 1

　　가드 성능 : 55　　가드 브레이크 성능 : 1

　　특수 성능 : 이 무기로 쓰러뜨린 적에게 마무리를 짓지

　　　　　　　않고, 화해해서 동료로 삼는다.

장비했을 때 동료로 삼은 몬스터는 『소집』&
『해산』하는 게 가능.
동료 몬스터는 한번 쓰러지거나, 장비를 해제
하면 부활하지 않는다.
동료로 만들 수 있는 몬스터는 자신의 레벨
이하까지.
동시에 『소집』할 수 있는 몬스터는 하나뿐.
레어 몬스터에게는 무효.

호오—?

공격력은 약하지만 꽤 재미있는 성능인걸?

이걸로 쓰러뜨리면 적을 동료로 삼을 수 있다는 거잖아.

게다가 자기와 같은 레벨까지의 적까지 가능하다.

중요한 건 판단 기준이 스테이터스가 아니라 레벨이라는
거다.

아무리 코코루의 스테이터스가 낮다 해도 레벨만 되면 동
료로 삼을 수 있다.

아마 코코루와 같은 레벨의 몬스터는 코코루보다 대부분
강할 거다.

이걸 장비해서 동료 몬스터로 삼으면—.

나름대로 다른 길드 NPC와 승부할 수 있을지도 몰라!

"오오오오오오! 나왔다 나왔어 구세주 아이템!"

적은 우리가 빈사로 만들고, 마지막에 코코루가 때리는 스타일로 동료로 삼아나가자.

지금까지의 느낌으로는 1 대미지라도 들어갈지 불안하지만, 그건 레벨을 올리면 나아질지도 모르고.

야노에게『리벤지 블래스트』를 받아 반격 대미지로 깎는 것도 괜찮을지도.

설명문의『이 무기로 쓰러뜨린 적에게~』라는 부분은 검증 여지가 있을 것 같다.

『리벤지 블래스트』상태에서『핸드셰이크』의 무기 가드 반격 대미지를 입히면『이 무기로 쓰러뜨렸다』는 취급일지도 모르니까.

게다가 아츠라면 코코루라도 맞출 수 있을지도 모르니까.

즉, 샛길은 어떻게든 나온다는 거다.

이것만 손에 넣는다면—!

"어? 뭐야뭐야, 어느 건데. 타카시로!"

"이거야 이거!『핸드셰이크』!"

"호오호오……?"

아이템 설명을 바라보는 야노 옆에서 나는 목소리를 높였다.

"헉?!"

그리고 내 마음속에서 파팟 번뜩이는 것이!

그래! 이 콤보라면— 일점 돌파로 톱에 올라설지도 몰라!

"할 수 있어! 할 수 있다고—!"

좋아, 보였다고! 우리의 마개조 줄거리가!

『핸드셰이크』는 반드시 얻어야겠어!

다시 내일, 입수법을 조사하러 정보상에 가보기로 할까.

◆◇◆

"그게, 타카시로. 미안하지만 이건 당장 얻기는 힘들지 않을까?"

"진짜냐? 어떻게 된 거야?"

나는 점원인 카타오카에게 물었다.

나는 다음 날 아침, 일찍 나와 정보상에 발을 옮겼다.

신경이 쓰이는 건 바로 확인해보고 싶은 파니까!

원하는 정보는 물론 『핸드셰이크』의 입수 방법이다.

나로서는 길드 대항 미션에서 이게 필수라고 판단했으니까.

"그게 말이지. 이거 보물상자가 아니라 레어 몬스터 드롭 온리 같거든."

"응."

"그리고— 이걸 떨구는 녀석은 유헤임 대륙 항로의 비공정 습격 이벤트에서 나오는 계열이야."

"윽…… 『스카이 폴』 클래스냐……."

입수 확률 수천 분의 1의 기적이 또다시— 인가?

이거 힘들겠네.

"그래. 게다가 유헤임 대륙 항로는 레벨 70 이상에서 해금되는 퀘스트를 클리어하지 않으면 허가가 내려오지 않아."

"뭐어어어엇~ 진짜냐. 이거 길드 대항 미션 중에는 힘드나―."

"그렇겠지. 레벨 70까지 올리는 것만으로도 가볍게 한 달 이상은 걸릴 테니까."

"으그그그극……."

이 난이도는 상정 외!

역시 그거네. 공략 사이트나 공략본에서 아이템 스펙을 보고 이걸 갖고 싶다고 생각한 것일수록 입수 난이도가 무지 높거나 그렇단 말이지.

이번에도 그겁니까……. 또 뭔가 고민해봐야겠다.

치이이이이이이잇! 모처럼 번뜩였다고 생각했는데 또 처음으로 돌아갔냐!

그러나 나는 포기하지 않아―!

초고속으로 레벨을 올리면 한 달 안에 70까지 갈 수 있을까……?

아니, 하지만 그 이후에도 수천 분의 1이라는 확률의 세례를 받아야만 한다.

기대치를 보면 한 달로는 험난하다고 하지 않을 수 없다.

"젠장, 이것만 있으면 될 거라 생각했는데……."

여기에 오기 전에 코코루에게 어떻게든 될 것 같다고 호언장담을 해버렸다고!

불쌍하게도, 헛되이 기뻐하게 만들었잖아!

나는 무심코 가게 카운터에 놓인 오브제를 툭툭 찔렀다.

커다란 알 모양이고, 표면에는 어서 오세요, 라며 웃는 미소녀가 프린트되어 있었다.

"응—? 이거 그거냐? 우리 상품인가?"

디자인 자체는 본 적이 있지만, 베이스 아이템에 이런 알이 있었던가?

"오~. 노조미 님과 함께 너희 가게에 자주 가니까. 확실히, 샀을 때 너는 없었지. 뭐, 장식하기는 딱 좋을 것 같아서."

"흐~응…… 코코루나 누군가가 만들어서 진열한 건가."

뭐, 됐다.

"쓸데없는 참견일지도 모르지만— 코코루에게는 재능도, 강한 의지도 없다. 나는 지금부터라도 귀공들이 후보 교체를 신청하는 걸 권한다만……."

카타오카와 함께 가게에 있던 공작 조인종이 입을 열었다.

쿠자족의 쿠자타 씨다. 코코루와 달리 키가 크고 빠릿하고 몸의 비율도 좋다.

레벨이나 성장률, 소지 스킬로 봐도 꽤 우대 캐릭터다.

조인종 후보 중에서는 이 사람이 가장 강해 보였다.

카타오카네 길드 널리지 레이크의 후보가 이 사람이란 말이지.

드래프트에서 경합해서 훌륭하게 따냈다.

육성은 순조로운 모양이라, 이미 드래프트 때보다 레벨이 꽤 올라갔다.

"훗후후후. 좋네. 모두가 그렇게 생각하는 녀석을 길러내서『내가 키웠다』라고 말해주는 게 기분 좋단 말이지! 나는 포기하지 않아!"

"……아무래도 귀공은, 별난 취미를 가진 모양이군."

"뭐, 그야 이 녀석은 바보니까. 신경 써봤자 소용없어, 쿠자타 씨."

"그래—. 그런 모양이군."

"우와, 카타오카. 너한테는 듣고 싶지 않아."

너는 나 이상으로 왕바보인 여왕벌 마니아잖아. 카타오카여.

"하지만…… 만약 쓸만해 진다면, 같은 조인종으로서 수치를 당하지 않을 수 있겠지. 그 녀석을 부탁한다."

얼마 전에 보기로는 코코루에게는 무관심해 보였는데—.

쿠자타 씨, 실은 좋은 사람일지도 모르겠다.

"뭐, 다른 방법을 검토해보겠어. 그럼 또 올게."

그렇게 정보상을 나와 직접 학교로 가기로 했다.

느긋하게 걷고 있으면 뭔가 떠오르지도 모르고—.

그렇게 한동안 걸어서 교문이 보이는 곳까지 왔을 때 누가 말을 걸어왔다.

"여어, 렌! 좋은 아침!"

"아, 유키노 선배. 좋은 아침이네요."

"왜 그러나, 뭔가 생각할 거라도? 시무룩한 표정이던데."

"그게~. 조금 실망스러운 일이 있었을 뿐이에요."

"흠— 길드 대항 미션 관련인가?"

"네. 코코루를 마개조할 수 있을 무기를 찾았는데, 얻기 좀 힘들 것 같거든요……. 다른 방법을 찾아야 할 것 같아서 고민에 빠진 참이죠—."

"그런 무모한 지명을 하니까 고생하는 거다. 모처럼 우선권을 받았는데 최약 후보를 고르다니—. 나는 막았건만."

"뭐— 무심코 그렇게 해버리는 게 망캐 마이스터의 본성인지라."

"하하하하. 뭐, 렌답다면 실로 렌답긴 했지."

"어떻게든 해보겠어요. 아직 당황할 만한 시간은 아니니까."

대화를 나누며 교문을 지나려 했다.

그때 뭔가 작은 봉투를 배포하는 집단이 보였다.

분담해서 성실하게 전원에게 나눠주고 있었다.

소속 길드는 다들 힐 더 힐로 되어있다.

"좋은 아침입니다~! 자, 이거 받아주세요!"

우리에게 봉투를 건네준 것은 NPC 소년이었다.

이름은 알프레드 브리즈.

아, 드래프트 회의 때 본 최강 캐릭터 후보다!

레벨 1이었지만 스테이터스 성장률이 굉장했지.

육성은 순조로운지 벌써 레벨 20까지 올라갔다.

무척 사람 좋아 보이는 느낌인데, 길드가 힐 더 힐이라니.

뭐, 일단 봉투를 건네받았다.

안에는 쿠키나 사탕이나 휴대용 티슈 같은 게 들어가 있었다.

그 안에는 종이 한 장도 들어있었고—.

매번 폐를 끼치고 있습니다만, 아무쪼록 이해해주시길 부탁드립니다.

원래대로라면 여러분 한 명 한 명에게 직접 사과를 드려야 합니다만—.

이런 형태가 된 것을 용서해 주세요.

힐 더 힐 일동.

—이라 적혀있었다.

뭐야 이거? 엄청 사과하고 있는데—?

"저기, 뭘 위해 이걸 나눠주고 있는 거야?"

나는 수수께끼의 봉투에 대해 알프레드에게 물었다.

"글쎄요……. 저도 이걸 나눠주는 걸 도와달라는 말을 들었을 뿐이라, 모르겠어요."

"아, 그런가."

"그럼 다른 분에게도 나눠줘야 해서—."

알프레드가 우리 앞에서 떠났다.

그러자 유키노 선배가 입을 열었다.

"사전 공작이지."

"사전 공작?"

"그래. 힐 더 힐은 이름 그대로 악역을 동경하는 녀석들이 모인 길드라서. 온라인 게임에서 악역 플레이라면 어떤 건지 떠오르지?"

"그야 역시 PK라든가, 이벤트 방해 공작이라든가, 아이템의 부당한 가격 조작이라든가, 지형을 이용한 공격으로 쓰러뜨려서는 안 되는 보스 캐릭터를 쓰러뜨린다든가—."

"그래. 말한 것처럼 여러 가지가 있지만— 학교에서 관리하는 이 게임에서 그런 일만 하고 다닌다면 바로 계정 밴을

당할 거고, 다른 계정으로 전생도 못하잖아?"

계정이 밴되면 그건 즉 강제 해약이나 강제 퇴장이지요.

"그렇죠."

"그래서 미리 주변에 사과를 해두는 거다. 앞으로 나쁜 일을 하겠지만 어디까지나 플레이니까 용서해달라는 거지. 그거다. 버라이어티 방송에서 개그맨이 다른 연기자에게 본방 중에 실례되는 말을 할지도 모르지만, 방송을 흥겹게 만들기 위함이니 용서해달라고 말하는 거나 다름없어. 그렇게 해서 정말로 혼나지 않도록 하는 거다."

어디까지나 피카레스크 플레이를 하고 있을 뿐이고, 현실에서 피카레스크인 건 아니다.

하지만 남에게 민폐를 끼치게 되는 스타일이니까 나중에 충돌이 벌어지지 않도록 미리 사과한다는 건가.

과연, 사람의 플레이는 사람마다 다르니까.

"즉, 이걸 나눠준다는 건 뭔가 저지른다는 거겠죠?"

"그래. 그것도 조만간에, 말이지. 주의해두는 게 좋아."

"알겠습니다."

교문에서 건물로 향하는 통로 좌우는 선명한 색의 화단이 장식되어 있다.

문득 내가 본 화단에는 꽃들 사이에 약간 커다란 알이 놓여있다.

이건 뭐지? 요즘 은근슬쩍 알이 눈에 들어오네. 기분 탓인가?

그리고 나는 선배와 헤어져서 각자 교실로.

"아, 좋은 아침. 렌!"

"그래. 좋은 아침."

그로부터 딱히 아무 일 없이 수업은 종료.

"자! 게임 바보들아! 드디어 다음 주부터 시험 기간입니다만, 이 주말에도 로그인 자체는 평소 주말과 마찬가지로 가능하니까요~. 그래도 어디까지나 자습을 위해서니까! 그쪽은 잘 부탁해!"

뭐, 교과서 같은 건 게임 속 아이템이니까.

전자 데이터는 현실 쪽 컴퓨터로 열람도 가능해서 그걸 프린트하면 종이 교과서로 만들 수도 있지만—.

게임 안에서도 길드 하우스라든가, 학교에도 자습실이나 도서실이 있고, 뭣하면 비공정이나 배나 어디서든 마음대로 공부하면 된다.

자기가 좋아하는 곳에서 공부하면 능률이 있다는 설!

뭐, 현실 오후 열 시면 강제 로그아웃이니까 그 이후에는 현실 쪽에서 할 수밖에 없지만.

"모두 공부하고 있을 테니 경합 없이 레어 아이템을 얻으러 갈 수 있겠지만, 시험 점수가 심각해지더라도 선생님은 몰라요~! 자기 책임으로 부탁합니다!"

뭐, 그런 녀석도 있겠지. 분명히.

호무라 선배의 길드는 이때라는 듯이 아이템 얻으러 갈 것 같다.

나도 입시 때는 다섯 과목 합계 241이라는 좀 그런 느낌이었지만, 이번에는 좀 더 벌겠어!

아직도 원하는 탤런트가 있다고!

"좋았어! 노려라, 학년 수석! 반드시 비공정을 얻어 보일 테니까!"

아키라도 기합을 넣었다.

길드 대항 미션을 위해서라도 이 주말에는 모두 함께 모여서 공부해야겠지!

"자, 그럼 길드 하우스로 돌아갈까―. 코코루도 기다릴 거고."

우리는 넷이서 학교를 나가려 했지만― 그 순간 이변을 눈치챘다.

"우와아아아아아아?!"

"뭐, 뭐야 이 녀석?!"

"이, 이런 곳에 몬스터냐?!"

밖에서 그런 소란이 들려왔기 때문이다.

"뭐지?!"

"몬스터라는데!"

"가보자구!"

"그러자!"

우리는 서둘러 학교 건물에서 나왔다.

그러자 교문을 바로 나온 곳에 대형 몬스터가 있는 게 눈에 들어왔다.

프리즌 터틀 레벨 60 왕관 아이콘(레어 몬스터)

사이즈는 올려다볼 만큼 커서 4, 5미터는 될 것 같다.

터틀, 즉 거북이라는 이름대로 기본은 등껍질을 가진 체형이지만, 머리는 거북이라기보다는 더욱 흉악한 느낌이라 코뿔소와 비슷하다. 콧등이나 이마에 난 뿔이 흉악하게 곤두서 있었다.

등껍질 부분도 가시가 돋아나서 아파 보인다.

그러나 가장 눈에 띄는 건 등껍질 일부가 솟아난, 철창에 갇힌 작은 방 같은 부분이다. 프리즌이라는 이름이니까 감옥 이미지인가?

뭘 위해 저런 게 붙어있지ㅡ?

이미 그 자리에 있던 학생들과 프리즌 터틀은 전투 상태에 들어갔다.

이 자리는 몬스터의 점유권이 자유라서 끼어들기가 가능한지, 파티나 길드, 학년, 반과는 상관없이 난전이 벌어졌다.

길드 대항 미션의 영웅 후보 NPC 중에도 전투에 참가한 사람이 있다.

학교를 견학하러 왔을 때 말려든 게 틀림없다.

그리고, 아무래도 프리즌 터틀의 목표는 그 NPC들인 것 같았다.

프리즌 터틀은 스커드 인프리즌의 준비!

오오? 뭐지?!

내가 주목하는 사이, 철창 감옥 부분이 등껍질에서 분리되어 NPC를 향해 엄청난 속도로 날아갔다! 퍼지한 감옥 부분과 본체는 사슬 같은 걸로 이어져 있었다.

끼리리이이이이이익! 철커~엉!

어느 길드의 후보인지는 몰라도, 덩치 큰 인간 청년 NPC가 포획되었다.

NPC를 붙잡은 사슬은 끼릭끼릭 감겨서 원래 위치로 돌아갔다.

"뭐, 뭐야?! 큭— 꺼내줘어어어어! 윽?! 으으윽—!"

안에서 날뛰었지만 날뛰려 하면 감옥 안에 전기 쇼크가 발생하는 모양이다.

저건 밖에서 도와줄 수밖에 없겠어—.

"큰일이다—! 이봐, 구해주자고!"

"오우!"

"괜찮아, 이건 그렇게 레벨이 높지 않으니까, 할 수 있어!"

교문 앞에 모인 학생들이 입을 모아 말했다.

"우리도 가세하자!"

내 호소에 모두 끄덕였다.

교문을 향해 달렸다.

프리즌 터틀에게 사람들이 와글와글 모여들었다.

그러나—.

"훗훗훗— 지금이다아아아아아앗! 사이클론 사~~~~이즈!"

"""우와아아아아아아아아아아악?!"""

갑자기 프리즌 터틀 주변에서 폭풍이 휘몰아쳐 플레이어 들을 날려버렸다!

우리는 아직 멀어서 말려들지 않았지만—.

"큭큭큭큭— 후후후후후— 핫~하하!"

프리즌 터틀의 등껍질 위에 커다란 낫을 든 그림자가!

저 녀석이 이걸 저지른 건가—!

히지리사와 아이코(3-G)
레벨 196   투사   길드 마스터(힐 더 힐)

음— 그건가, 악역 길드! 게다가 길드 마스터냐!

주변 학생들을 날려버린 힐 더 힐 길드 마스터는 프리즌 터틀의 등 위에서 크게 웃었다.

"핫~하하! 핫~하하! 핫~하하하하!"

잘 보니, 귀엽긴 하지만 키가 엄청 작아서 초, 중학생으로 보일 만큼 로리 소녀였다.

그리고 그 소녀가 열심히 가슴을 젖히며 크게 웃고 있다.

젖히고 또 젖혀서, 발돋움을 하고— 아, 넘어졌다!

"꺄앙?!"

프리즌 터틀의 등은 둥글다.

주르륵 미끄러지고, 데굴데굴 굴러떨어져서, 쿵! 하고 지면에 엉덩방아를 찧었다.

"아야야얏…… 아~앙, 정말, 아프잖아~! 우우우. 쪽팔리게……!"

울먹이며 엉덩이를 문지르면서 원래 자리로 돌아갔다.

"모에……!"

"모에군요."

"아까 날려버렸던 건 포상이군요. 이해합니다."

"고맙다, 고마워."

느닷없이 날아갔는데도 그 자리에 흐르는 포근한 무드.

너희는 인생 즐거워 보이네.

그런 가운데 길드 마스터 히지리사와 아이코는 드높이 선언했다.

"훗후후후— 우리가 바로 힐 더 힐. 적으로서의 의리도 없

거니와 너희에게 원한도 없지만, 이 자리는 적대하도록 하겠어! 왜냐하면 그게 취미니까! 먼저 사과해둘게, 미안합니다!"

그렇구나, 취미인가. 취미라면 어쩔 수 없지.

뭐, 대규모 이벤트에서 굳이 적으로 돌아서는 녀석도 확실히 있다.

PK할 수 없다면 없는 대로, 적을 일부러 회복시키며 응원한다든가 말이지.

그런 취미로 장난을 치는 녀석들의 모임인 거다.

진짜 문제로 발전하는 걸 피하기 위해 사전 공작을 잊지 않는 모양이지만.

뭐, 그렇게 하지 않으면 좀 문제가 있지.

적으로 전향하고 싶은 사람용 탤런트도 있어서, 적대 행위를 하는 대신 쓰러뜨린 상대의 사망 페널티 등의 발생을 없애는 효과 같은 것도 있다. 그밖에도 이것저것 있었을 거다.

그렇기에 이건 학교 공인이라면 공인 플레이인 셈이다.

뭐, 이런 옆에서 간섭이 가능한 다수대 다수 배틀 이벤트 필드에서나 가능한 이야기지만.

지금, 이 주변이 그런 속성 맵이 된 모양이다.

대대적인 이야기네.

"자…… 잠깐만요 아이코 씨! 저 못 들었는데요?! 모두와 싸우다니—!"

아, 알프레드인가. 힐 더 힐 소속이었지.

프리즌 터틀의 등으로 올라가고 있었다.

"셧어~업! 이게 우리의 방식! 행동 방침이라고! 자, 너도 이 프리즌 터틀을 지키는 거야! 말을 듣지 않으면 육성 포기 하겠습니다~!"

"에에에에에엑……?! 우우우우……."

불쌍하게도. 솔직한 느낌이고 성실해 보이니 적이 되는 게 괴로운 거겠지.

드래프트로 간 구단의 기용 방식이 블랙이었다! 같은─.

"저기~ 선배~."

나도 이미 히지리사와 선배와 알프레드 근처까지 도착해서 물어봤다.

"응~ 뭐지? 이크. 1학년인데 수호룡 소유자! 보아하니 너꽤 유능하네!"

"아, 감사. 근데, 질문 괜찮나요?"

"허가합니다. 해봐."

"그럼─ 결국 이 녀석들 뭐가 목적이죠? 어디 가는 건가요?"

우리가 대화하는 사이에도 프리즌 터틀은 영차영차 걷고 있다.

이동이 느리니까 빨리 걷기만 해도 따라갈 수 있지만.

우리도 빨리 걸어서 따라가고 있다.

"훗…… 그건 말이지─."

"그건……?"

"—몰라!"

진짜냐! 아무리 나라도 휘청거렸다고!

"에에에에에엑?! 모르는 건가요?"

"괜찮아, 나쁜 일만 할 수 있다면 이유는 아무래도 좋다고! 그게 우리야! 우리는 뭔가 나쁜 놈 같은 NPC한테서 거리에 몰래 이상한 알을 놔달라는 말을 들었어. 그리고, 놓아둔 그게 부화하면 지켜달라고 하더라!"

"알? 아……!"

그러고 보니 요즘 여러 군데에서 눈에 들어왔었는데?!

호무라 선배 쪽 아이템 박물관이라든가, 정보상이라든가, 학교 화단이라든가—.

"우와아아아아아아아?! 느닷없이 몬스터가! 뭐야 이 녀석?!"

후방에서 절규. 아, 학교 화단이다!

거기에는 어느새 프리즌 터틀이 또 하나 나타났다.

"아, 늘어났어!"

아키라가 화단 쪽을 가리켰다.

"나 아까 저기서 이상한 알을 봤었어! 그밖에도 여러 곳에서 봤고!"

"그럼, 거리 전체에 저게 나타난다는 거야?!"

"아~앗! 우리 길드숍에도 있었어! 저거! 상품인 줄 알고 페인트 칠했었다구!"

"그거, 카타오카가 사서 정보상에 장식하고 있었어!"

"몇 개나 있었다구! 아직도 재고 있어!"

"그렇다면, 우리 길드숍에도 저게 나온다는 건가……!"

"코, 코코루…… 괜찮을까아."

빨리 길드숍으로 돌아가지 않으면 위험하겠어!

그러나 프리즌 터틀의 목적을 잘 모르겠다.

NPC를 잡아놓고 이동해서 뭘 어쩔 셈이지?

"선배! 선배한테 이걸 부탁한 NPC는 어떤 녀석인가요? 뭔가 알 수 있는 건—."

"나다! 나!"

머리 위에서 소리가 들렸다.

올려다보자, 그곳에는 엷은 물색 머리를 한 청년의 모습이 보였다.

근처 건물 옥상에 진을 치고 있었다.

프로이 야신   레벨 80   왕관 아이콘(레어 몬스터)

"저 녀석— 프로이!"

게다가 저 녀석, 전보다 레벨이 올라갔잖아!

프로이가 우리 쪽을 날카롭게 노려봤다.

"여어, 네놈들……! 이 자리에서 쳐죽이고 싶지만, 오늘은 그럴 여유가 없어서 말이지. 인사만큼은 해두마."

"이건 대체 무슨 속셈으로 하는 거야?!"

"카라나트 교주국과 다투고 있는 미슈리아를 거들어주는
건 참을 수가 없으니 말이지. 너희가 단련시켜주고 있는 미
슈리아 인들을 없애버리겠다—! 프리즌 터틀들은 미슈리아
인을 잡아서 그대로 바다에 텀벙! 이다. 죽지야 않겠지만,
당분간 행방불명이겠지. 핫~핫핫핫! 그럼!"

프로이의 모습이 스윽 사라졌다. 저 자식, 도망쳤어!

이게 대체 무슨 일이야! 즉 이건 길드 대항 미션의 방해
이벤트 같은 셈이다.

자칫하면 모처럼 드래프트로 획득해서 지금까지 길러낸
영웅 후보를 잃게 된다.

이 자식, 우리 코코루에게 손대게 둘 순 없지!

"이봐, 그럼 빨리 도와주자고!"

"그래!"

"모두 협력하자!"

근처에 있던 플레이어가 그런 대화를 나눴다.

그러나 검은 로리 소녀, 즉 히지리사와 선배가 앞으로 나
섰다.

"자~알 생각해봐♪ 이건~ 기회라고~♪"

아~ 그런 광고가 있었던 기분이 든다. 돈은 중요해~♪ 라
는 거였던가.

"기회?"

"길드 대항 미션은 영웅 후보 육성 레이스잖아? 라이벌

길드의 NPC가 없어지면, 너희들은 유리하지 않아? 그러니 도와줄 필요는 없지 않을까~?"

히지리사와 선배의 말은 확실히 옳다.

길드 대항 미션에서 이기고자 한다면, 자신들이 보유한 NPC의 안전을 확보한 상태에서 다른 길드 NPC의 구출에 협력하는 건 적에게 소금을 뿌리는 행위에 지나지 않는다.

그나저나 꺼림칙한 점을 지적하네. 역시 악역 길드의 수장.

"그야 그렇겠지만……."

"하, 하지만…… 내버려 두기도 좀……."

"야, 저 녀석은 우리 길드 NPC라고. 도와줘!"

주변 플레이어 중 한 명이 호소했지만 반응은 둔하다.

히지리사와 선배가 못을 박았기 때문이다.

"뭐, 이 상황에서 가장 좋은 행동은, 자기 길드 NPC를 지키러 가는 것 아닐까~? 할 일이 있다면, 도와주지 못하더라도 어쩔 수 없잖아?"

아, 능숙하다. 죄책감을 느끼지 않고 다른 길드 NPC를 내팽개칠 구실을 가르쳐줬다.

자신들도 할 일이 있으니까 어쩔 수 없지? 라는 거다.

"그러게…… 좋아, 난 길드 하우스를 보러 가겠어!"

"나도!"

"나도!"

"나도!"

주변 플레이어들이 줄어들었다.

남은 건 붙잡힌 NPC와 같은 길드 사람— 하고 우리.

"자, 너희도 가봐. 나는 막지 않을 테니까~."

"아, 안 돼요! 제발 구출에 협력해주세요! 제 동포가……!"

"아~ 너, 알프레드! 쓸데없는 소리 하지 마!"

"그, 그래도…… 아이코 씨!"

선배와 알프레드가 다투는 가운데—.

""""""""『매직 인게이지』!""""""""

대량의 구령이 들렸다! 우리는 소리가 난 방향을 돌아봤다.

"아, 호무호무 선배—."

야노의 말 그대로였다.

"잠깐, 이상한 별명으로 부르지 말아줄래!"

아, 이거 봐 역시 화내잖아.

그건 넘어가고, 근처 건물 옥상에는 호무라 선배를 시작으로 그랑 뮤지엄 멤버 여러분이! 다들 멋들어지게 마도사^{위저드}네—!

"간다— 일제 공격!"

호무라 선배의 호령 한 마디.

""""""""『그랜드 선더』!""""""""

콰지지지지직빠지이이이이이이이이이이이이이익!

터무니없는 굉음을 불러일으키는 합체마법이 작렬!

무지막지하게 굵은 벼락이 하늘에서 떨어져 프리즌 터틀에게 직격했다.

합체마법의 어마어마한 박력은 너무나 눈부셔서 눈을 뜰 수가 없을 정도였다.

초위력의 뇌격 마법 직격을 맞은 프리즌 터틀은 허망하게 일격사했다.

그 자리에서 무너져 움직이지 못하게 되었다.

우리도 열려서 안에 있던 NPC도 해방되었다.

"어, 엄청난 위력⋯⋯."

"고레벨『매직 인게이지』를 중첩했으니까―."

우리는 어안이 벙벙해져 있었다.

프리즌 터틀이 쓸려버리자 히지리사와 선배가 화를 냈다.

"아~ 인마! 잠깐, 호무호무! 무슨 짓이야?! 다른 길드 따위는 구해줄 것 없다고 했잖아!"

"호무호무라고 하지 마! 딱히 구해준 건 아니야. 이 프리즌 터틀은 신종 몬스터니까⋯⋯ 즉, 신종 아이템을 갖고 있을지도! 후후후후후후⋯⋯ 그러니까 잡겠어! 잡지 않을 수 없지! 다들, 마구 잡아들이자!"

호무라 선배의 눈이 엄청나게 번쩍였다.

아, 뭔가 아이템충의 본성이 드러난 것 같네.

우리 앞에 나올 때는 은근히 멀쩡한 누님 같았으니까…….

"""""오오오오오오~!"""""

선배의 파티 멤버들도 번쩍번쩍 빛나는 눈으로 응했다.

그래도 이런 상황에서는 믿음직한 군단이다.

"큭……! 아~ 정말, 멋대로 해! 난 다른 곳에 갈 거야! 가자, 알프레드……!"

"네, 네에—."

그렇게 떠나려는 히지리사와 선배에게 말을 건 사람이 있었다.

"뭐, 그리 말하지 마라. 기왕 이렇게 됐으니 아이템충 따위는 내버려 두고, 나와 대인전을 해보지 않겠나?"

나왔다, 대인전충. 유키노 선배!

"음, 유키노구나—!"

"자, 싸우자! 지금 당장! 너와 싸우는 건 꽤 재미있으니까!"

"언제나 하고 있잖아! 지금 여기서 할 필요는 없다고. 다른 이벤트 중이니까."

"상관없잖아, 평소와 다른 시추에이션도 별미 아닐까? 다른 무언가가 보일지도 모른다고?"

"아~ 정말, 귀찮게!"

하하하하. 유키노 선배는 변함없네.

호무라 선배도 그렇고, 자기 욕망이 가는 대로 행동하는데 결과적으로는 사태 진압에 도움이 되는 게 굉장하다.

"이봐, 렌. 가도 된다. 너희의 코코루를 지켜줘라."

"솔직히 무시하고 다른 후보를 준비하는 게 나을 거라 생각하지만?"

어라, 유키노 선배도, 호무라 선배도 우리를 보내주려고?

"자, 대인전이다! 듀얼이다!"

"신종 아이템이야!"

……아니, 기분 탓이겠지.

아무튼 우리도 우리가 해야 할 일을─.

코코루를 구하러 가자!

우리는 서둘러 우리 길드 하우스로 향했다.

그러나─ 이미 그곳은 텅 비어있었다.

가게 입구는 크게 파괴되어서 뭔가 커다란 게 나간 걸 알 수 있었다.

"큐~! 치킨~! 치킨~!"

류가 쓸쓸한 듯이 코코루의 이름을 불렀다.

"없네—. 분명 이미 프리즌 터틀에게 잡혀서……."

"바다에 텀벙, 이라고 했지—. 뛰어들기 위해 도시 끝으로 간 거구나!"

"쫓아가자! 어느 방향이 가장 끝에 가까울까?!"

"이쪽이야—! 가자!"

우리 길드 하우스의 입지는 길드숍 거리 중에서는 거리 외곽에 가까운 편이다.

길드숍 거리 바깥의 외곽선 구역은 전망이 최고인 임해 공원이 펼쳐져 있다.

프리즌 터틀은 분명 그곳으로 향하고 있을 거다!

"좋아, 쫓아가자!"

우리는 프리즌 터틀과 코코루를 찾으러 달렸다.

"내가 앞서가서 정찰하고 올게! 있으면 알려줄 테니까!"

야노의 공적은 이동속도를 올리는 『스프린트』를 갖고 있다.

확실히 레벨 35에 습득할 거다.

그걸 쓰면 앞서가서 수색하는 게 가능하다.

"아, 잠깐. 유우나! AP 가지고 가!"

"고마워, 앗키! 그럼—『에너지 스틸』!"

이건 레벨 45에서 갓 습득한 스킬.

야노의 지금 레벨은 45니까 정말로 갓 익혔다.

효과는 아군의 AP를 절반 훔치는 것.

재사용 대기시간은 3분이다.

아키라는 『투신의 숨결』을 가져서 AP가 시간 경과로 늘어난다.

지금도 가득 차 있으니까, 넘쳐나는 AP를 야노가 뽑아가서 파티 전체로 AP를 유효 활용할 수 있는 것이다.

"그럼 갔다 오겠슴다!"

갸루다운 경례 포즈로 외친 야노가 앞서서 달렸다.

우리도 뒤따라서 임해 공원으로 향했다.

도중에 다른 길드 몇 팀이 자신들의 NPC를 구하기 위해 프리즌 터틀을 공격하는 모습이 눈에 들어왔다. 역시 우리 길드 하우스 근처에 나타난 프리즌 터틀은 이 주변으로 향하는 것 같다.

"이쪽이 맞는 것 같네—!"

"그러게! 근데 코코루는 어딨지……!"

"유우나는 좀 더 앞쪽까지 간 것 같아—."

우리는 날뛰는 프리즌 터틀의 범위 공격에 말려들지 않도록 조심하며 안쪽으로 나아갔다.

도중에 마에다는 틈틈이 영창을 위해 발을 멈추고 수비력 강화나 마법 방어 강화 마법을 걸어줬다. 우리만이 아니라 전투 중인 다른 길드 사람에게도.

지원을 위한 회복마법도 날렸다.

이건 단순한 친절이 아니라, 일부러 MP를 많이 소비한 것이다.

마에다는 캐릭터 메이크 때 보너스로 주는 초기 탤런트로 『택티컬 매직』을 받았다.

이건 MP를 소비하면 AP가 쌓이는 효과다.

순수한 후열 캐릭터인 마에다가 AP를 쌓아봤자…… 라는 설도 있지만, 이건 마에다가 쓰려는 게 아니라, 야노에게 『에너지 스틸』로 넘겨주기 위함이다.

전투에 들어가면 아키라는 아키라대로 AP가 필요해진다.

그러니 야노에게 넘겨줄 수 없게 된다.

마에다의 AP라면 얼마든지 넘겨줘도 상관없다.

그때를 위해 마에다가 AP를 쌓아두는 것이다.

이것이 야노를 위한 지원이다.

야노가 『에너지 스틸』을 습득한 것으로 인해 마에다의 초기 탤런트 『택티컬 매직』을 유효 활용할 수 있게 된 셈이다.

아름다운 상부상조 정신이네!

"다들~! 저깄어~! 있다구!"

야노가 『스프린트』의 빠른 발을 써서 돌아왔다.

재사용 시간이 돌아와서 다시 쓴 것이리라.

"나이스! 코코루는 어디야?! 어딨어?!"

"이쪽이야! 근데 이제 거의 바다로 뛰어들기 직전이야! 어떻게든 『레그 스나이프』로 발을 묶기는 했지만!"

『레그 스나이프』는 총의 아츠다.

대미지와 함께 맞은 상대에게 시간 경과로 끊어지는 행동

불능 효과를 부여한다.

야노가 발견하고 바로 『레그 스나이프』를 쓸 수 있는 AP를 갖고 있어서 다행이었네…… 아키라가 AP를 양도해준 덕분이다.

숨은 파인플레이였다.

"큰일이잖아! 빨리 가자!"

"서두르자!"

"응, 이쪽이야!"

우리는 야노를 따라 전속력으로 달렸다.

낙하 방지 울타리 바로 근처 지점에 코코루를 붙잡은 프리즌 터틀이 있었다.

거의 바다에 뛰어들기 직전. 확실히 야노의 말대로였다.

이거 『레그 스나이프』가 없었다면 놓쳐버렸을지도 모르겠어.

"코코루! 괜찮냐?!"

나는 우리에 사로잡힌 코코루에게 외쳤다.

"레, 렌~! 보, 보는 그대로다 꼬꼬~! 무사하긴 하지만 이 녀석, 바다에 뛰어들려는 모양이다 꼬꼬~!"

"그래, 지금 구해줄 테니까!"

"아, 아니……! 됐다 꼬꼬! 이대로 나를 무시해라 꼬꼬!"

코코루는 그런 말을 꺼냈다.

"무시하라니— 야, 코코루! 너 무슨 소리야! 바보 같은 소리 하지 마!"

"바보가 아니다 꼬꼬! 그게 너희를 위해서다 꼬꼬! 나로는 너희의 발목을 잡아끈다 꼬꼬—! 렌도 아키라도 다들 좋은 녀석이다 꼬꼬……. 나 따위한테 다정하게 대해주고…… 그러니까 난 너희에게 이 이상 폐를 끼치고 싶지 않다 꼬꼬! 내가 없어지면 다른 후보를 데려올 수 있다 꼬꼬! 그러니까 이대로—."

코코루는 반쯤 울먹이고 있었다. 결사적인 각오라고 해도 되겠지.

그러나 나는 그런 건 받아들일 수 없다. 받아들일 수 있을 리가 없지!

"다시 한 번 말하겠어! 바보 같은 소리 하지 마! 우리는 다정함으로 너를 고른 게 아니야! 모두가 어쩔 도리가 없다고 생각하는 녀석을 마개조해서 각성시켜 자이언트 킬링을 하고 싶었기 때문이야! 하고 싶은 일을 하고 있으니까, 네가 부담가질 필요는 전혀 없다고!"

"……『우리』는 아니지? 그거, 렌뿐이지……? 나는 평범하게 코코루를 도와주고 싶었을 뿐인데……."

"나는 툭 까놓고 말해서, 평범~하게 제일 센 녀석을 데려와 줬으면 했다구. 뭐, 딱히 상관없지만."

"……나도 마찬가지— 그래도 타카시로다우니까, 포기하고 있지만."

"……에에잇, 외야는 가만히 있어! 알겠냐, 아무튼 잘 들

어. 코코루! 나는 이래 봬도 실은 망캐 마이스터라 불리고
있어서 말이지, 못 써먹을 것처럼 보이는 녀석을 어떻게든
고치는 일이라면 어찌어찌 가능해! 예를 들어 내 직업인『문
장술사』! 이건 화력이 전혀 없어서 최약이라는 말을 듣는다
고—. 하지만 이래 봬도 방식에 따라서는 어떻게든 돼! 증거
를 보여주겠어! 잘 보라고!"

나는 즉시 주문을 영창했다.

"『디어질 서클』!"

광범위로 써서 MP를 텅 비웠다.

이걸 고른 건, 프리즌 터틀이 움직일 때 조금이라도 발을
느리게 만들기 위해서다.

나는 프리즌 터틀을 향해 돌진했다.

아키라네도 내 움직임에 맞춰 움직이기 시작했다.

"오의—."

접근해서 즉시 공격에 들어갔다.

『지팡이칼』의 끝부분을 비틀어 도신을 꺼냈다.

어두운 보라색 계열의 눈부신 빛에 휩싸인, 반짝이는 일
섬—.

이번에는 AP를 쌓을 시간이 없었다.

그 때문에 사용하는 오의는 이쪽이다.

"『데드 엔드』으으으!"

렌의 데드 엔드가 발동. 프리즌 터틀에게 2912의 대미지!

유우나의 길티 스틸이 발동. 유우나는 렌의 어그로를 전부 훔쳤다!

코토미의 엑스 힐이 발동. 렌의 HP가 341 회복했다.

아키라의 검의 춤이 발동. 렌의 모든 스킬이 재사용 가능해졌다!

물 흐르는 듯한 로그 표시.

우리의 콤비네이션도 대부분 확립된 것 같은 느낌이다.

『지팡이칼』을 합성. 다시 한 번 서클 마법으로 MP 포기.

그리고 이어지는 건 당연히 연발―!

"한 번 더어어어어어! 『데드 엔드』으으으으으으으!"

렌의 데드 엔드가 발동. 프리즌 터틀에게 2912의 대미지!

그걸 본 코코루가 놀라서 소리를 질렀다.

"괴, 굉장하다 꼬꼬……! 터무니없는 위력이다 꼬꼬! 이, 이게 화력이 전혀 없어서 못 써먹는다니, 전혀 믿기지 않는다 꼬꼬!"

"요컨대 어떻게 쓰느냐에 달린 거야! 너도 분명 다시 태어날 수 있어! 나는 믿고 있다고!"

"레, 렌……!"

"너도 우리를 믿고 따라와! 우리가 반드시 어떻게든 해줄게!"

"나, 나는…… 나는—!"

"자, 알았지?! 알았으면 이걸 장비해! 이게 너를, 강하게 해줄 거야!"

나는 코코루에게, 프린세스 스컬 링을 던져줬다!

"""에에에에에엑?!"""

프린세스 스컬 링의 저주 같은 효과를 아는 일행들은 경악했다.

그러나 육성 방침은 이미 정해졌다. 그럼 망설일 필요는 없지.

이걸로 단숨에 끌어올려 주겠어. 코코루!

코코루의 스테이터스 상승률은 최저 클래스다.

프린세스 스컬 링을 장비하든 안 하든, 무지막지하게 약하다는 건 변함이 없다.

아무튼 엄청 약하니까, 그게 1이든 0이든 별 차이가 없다.

약하다는 객관적인 사실은 움직이지 않는다.

그러니까 스테이터스 상승 같은 건 내다 버려!

그리고 레벨만 높이 올리자! 그 높은 레벨을 살릴 수 있는 능력이 있으니까.

문제는 핸드셰이크의 입수 난이도지만, 지금은 그건 도외

시하자.

어차피 활로는 이것밖에 없다. 그렇다면 그에 맞춰서 레벨만 올려야겠지.

코코루는 약하니까, 너무나도 약하기 때문에 할 수 있는 대담한 방법이다.

이것이 약자의 전술이라는 거지!

"레, 렌! 알았다 꼬꼬! 장비했다 꼬꼬~!"

코코루는 나를 믿고 프린세스 스컬 링을 장비했다!

"저, 저거 장비해도 정말 괜찮아? 렌?!"

"그래, 괜찮아! 자, 프리즌 터틀을 처리하자고!"

다시 아키라의 지원을 받은 나는 또 오의를 날렸다.

렌의 데드 엔드가 발동. 프리즌 터틀에게 2912의 대미지!

이걸로 녀석은 이제 거의 빈사다.

나머지는 아키라와 야노, 마에다가 집중 공격을 가해서 남은 HP를 모두 깎아냈다.

"이걸로 마무리! 간다아아아~!"

반짝이는 초승달의 2연격이 프리즌 터틀을 포착했다.

아키라의 크로스 크레센트가 발동. 프리즌 터틀에게 308의 대미지!

아키라는 프리즌 터틀을 쓰러뜨렸다.

아키라의 오의를 마지막으로 프리즌 터틀은 무너졌다.

좋았어— 이걸로 코코루를 지켜냈네!

"꼬꼬?!"

무너진 프리즌 터틀의 우리에서 코코루가 배출되어 튕겨나왔다.

하늘 높이 올라가서 파닥파닥 날개를 움직였지만, 유감스럽게도 코코루는 날지 못한다.

"코코루가 떨어져!"

"받아내자!"

우리 네 명이 떨어지는 코코루를 캐치했다.

"꼬, 꼬꼬~……! 살았다 꼬꼬~! 다들 고맙다 꼬꼬~!"

거기서 울려 퍼지는 레벨 업 팡파르.

격이 높은 프리즌 터틀을 쓰러뜨려서 우리의 레벨이 올라갔다.

나 43, 아키라 45, 마에다 45, 야노 46!

나만 프린세스 스컬 링 검증으로 경험치를 낭비해서 조금 레벨이 낮다.

"해냈다~! 레벨 45 왔다아아아아아아~♪"

아키라가 기뻐하며 뛰었다.

그도 그럴 것이, 아키라는 소드 댄서가 레벨 45에 익힐 수 있는 것을 기대하고 있었기 때문이다.

자기가 원하던 스킬 습득 레벨에 도달했을 때는 확실히 텐션이 오른다니까.

그리고, 뭘 익히느냐 하면—.

"짜~안! 저기저기, 봐봐!"

아키라가 기뻐하며 빙글 돌면서 양손에 든 두 자루 검을 높이 올렸다.

하나는 평소의 스카이 폴이지만, 두 번째는 이때를 위해 준비한 듯한 야노의 페인트가 그려진 검이다.

명백하게, 아무리 봐도, 기대하고 있었다는 것이 뻔히 보입니다.

"오오! 좋네, 앗키! 이도류잖아!"

"멋있네."

그렇다, 소드 댄서는 레벨 45에 이도류를 익히는 것이다.

역시 소드 댄서의 직업 성능 자체는 높다.

내 영원한 라이벌 이도류는, 그야 물론 말할 것도 없는 국민적 인기 스킬이다.

모두가 좋아하는 게임계의 아이돌. 오히려 약하면 불평이 나올 레벨.

내게는 어떤 게임에서도 앞을 가로막는 눈엣가시다.

"응응! 와아~! 모션이 전혀 다르네~! 기분 좋아라아♪"

아키라는 기뻐하며 휘두르기를 펼쳤다.

네 이놈, 이도류. 우리 마이 베스트 프렌드까지 유혹하는가.

뭐— 즐거워 보이니까 딱히 상관없지만.

"꼬, 꼬꼬~?! 왠지 나, 레벨 엄청 올라갔다 꼬꼬~?!"

한편 이쪽에서도 레벨 업 소리와 로고를 울려대고 있는 녀석이 있다!

코코루에게도 경험치가 들어간 것이다.

레벨 1이었고, 비밀 병기 프린세스 스컬 링 덕분에 경험치가 폭증.

그 결과 레벨 업 소리가 맹렬하게 연속으로 들렸다.

"괴, 굉장하네~ 코코루! 레벨이 마구 오르고 있어!"

"그, 그래도 그거잖아—. 프린세스 스컬 링……."

"저, 정말로 괜찮은 걸까—."

"괜찮아! 문제없어!"

나는 크게 끄덕이며 단언했다.

결국 코코루는 레벨 업 소리를 29연타로 끝냈다.

레벨 1에서 레벨 30으로 점프 업이다!

"오, 오오…… 내 레벨이 이렇게—."

"어때! 강해졌다고, 코코루!"

"저, 정말로 꼬꼬……?"

코코루는 자신의 스테이터스 표시를 봤고—.

"꼬, 꼬꼬~?! 이게 뭐냐 꼬꼬?! 저, 전혀 성장하지 않았다 꼬꼬……!"

뭐, 그렇겠지— 코코루의 성장률은 이렇다.

【성장률 (근/내/재/민/지/정/매)】
   1 / 3 / 1 / 1 / 1 / 1 / 1

여기에 프린세스 스컬 링을 장비하면— 기대치는 이렇게 된다.

【성장률 (근/내/재/민/지/정/매)】
   0 / 1 / 0 / 0 / 0 / 0 / 0

프린세스 스컬 링은 경험치가 3배인 대신 성장률이 1/3이 니까.

0이라면, 레벨이 올라도 스테이터스가 올라가지 않는 것 이다.

가까스로 VIT하고, 그에 맞춰 HP가 조금 올라간 정도다.

NPC에게는 레벨 업 보너스도 없으니까.

레벨 업 보너스나 탤런트칸, 직업 개념이 있는 플레이어는 이 세계에서도 유능한 인재라는 설정이다.

그렇기에 이 유능한 플레이어들이 모이는 레이그란트 마 법 학원은 세계 최고 학부라 불리는 것이다.

"괜찮아. 너는 그거면 돼."

나는 풀썩 무너진 코코루의 등을 탁 두드렸다.

"어차피 약하니까, 1이든 0이든 상관없어. 성장률 따윈 신경 쓰지 마. 레벨만 올리면 어떻게든 되는 능력으로 승부하는 거야. 일점 특화로 그 부분만으로 승부하는 게 자이언트 킬링의 기본이지."

"저, 정말로 꼬꼬……?"

"그럼! 그보다 뭔가 스킬은 익히지 않았어?"

"꼬, 꼬꼬~? 아, 이건 꼬꼬?『골든 옐로 스위츠』……?"

스킬 도움말을 보자.

골든 옐로 스위츠 (재사용시간 0/300초)
〈효과〉악덕 상인의 필살기. 황매화빛 과자를 건네서 상대
　　　에게 도움을 받는다.
　　　교섭이 성립한 몬스터는『소집』&『해산』하는 게 가능.
　　　동료 몬스터는 한번 쓰러지거나, 장비 해제를 하면
　　　부활하지 않는다.
　　　동료로 삼을 수 있는 몬스터는 자신의 레벨 이하까지.

"아, 악덕 상인의 필살기라니 꼬꼬……? 우리 가게는 그렇게 나쁜 일은 하지 않는다 꼬꼬!"

"아니, 하지만— 이건……."

이거 그거잖아.

내가 눈독 들이던 핸드셰이크의 효과와 거의 같아!

분명 황매화빛 과자는 돈을 날리겠지만, 이건 이제 어쩔 수 없다.

내가 원하던 효과를 코코루가 스스로 익히다니!

"좋아, 코코루! 너 재능이 있어!"

"그, 그런가 꼬꼬……?"

"그래, 이거라면 승산이 있을 거야! 다른 녀석들의 얼을 빼놓자고!"

"아, 알았다 꼬꼬! 렌을 따라가겠다 꼬꼬!"

나와 코코루는 굳은 악수를 나눴다.

이제는 레벨을 팍팍 올리기만 하면 된다!

후후후— 잘 보라고. 자이언트 킬링을 해줄 테니까!

이렇게 해서— 이 습격 이벤트에서 우리는 코코루를 지켜냈고, 레벨을 대폭 성장시키는 데 성공했다.

우리의 길드, 데몬즈 크래프트 길드 하우스 2층—.

토요일인 오늘은 학교는 쉬고, 우리는 넷이서 시험공부 중이었다.

주말이 지난 월요일부터 시험이 시작된다.

이번 시험의 학년 1위 상품은, 마이 비공정이었다.

길드 대항 미션인 코코루 육성을 위해서는 필요하고, 나 자신도 평범하게 갖고 싶다.

마이 비공정으로, 이 UW의 세상을 샅샅이 돌아다니고 싶다!

물론 렌과 함께! 그러니까 나는 힘내겠습니다!

매일 착실하게 공부하고 있으니까 꽤 자신 있다.

만약 내가 진다면 상대는 아마, 코토미겠지.

그래도 코토미라면 같은 길드니까 세이프다.

"아우우~ 모르구, 재미없구, 나도 코코루네랑 놀러 갈걸 그랬어……."

유우나가 책상에 엎어졌다.

지금, 코토미가 만든 사회과 모의시험 해답을 다 맞춰본 거다.

어떻게든 노력해보긴 했지만, 원래부터 공부를 싫어해서 그런지 좀처럼 머리에 들어가지 않나 보다.

 노력하고 있는데 결과가 따라오지 않으면, 역시 불평 한마디는 나오는 법이다.

 참고로 코코루는 공부를 방해해서는 안 된다며 류를 데리고 마을 관광을 나갔다.

 "유우나. 성적은 그렇게 한 번에 오르지 않아. 차근차근 노력해서 전보다 좋아지면 되는 거야. 괜찮아, 전보다 정답률은 올라갔으니까."

 채점을 마친 코토미가 격려했다.

 "설득력 없어~! 성적이 무지막지하게 올라간 녀석이 여기 있다구!"

 지적을 받은 렌은 자신만만하게 자기를 가리켰다.

 "후하하하하! 아이 앰 하면 되는 아이!"

 "자기가 말하지 말라구!"

 "아하하하…… 뭐, 사실은 사실이니까."

 "렌 굉장하네~! 입시 때 사회 31점이었는데 40, 50점은 오를 것 같아~."

 뭐, 렌은 아마 나보다 머리가 좋을 테니까, 그렇게 놀랄 정도는 아닐지도 모른다.

 그래도 기쁘네. 나도 공부 도와줬으니까—.

 "덕분이지! MEP를 위해서라면, 나는 나의 의욕 스위치를 연타할 수 있다고!"

"학교 측의 술수에 멋지게 빠졌네~."

"원원 관계니까 문제없어!"

즐거워 보이고 기운이 넘쳐서, 역시 렌은 좋구나~ 하는 생각을 한다.

함께 있으면 나도 즐겁게 해주니까.

그 후에도 공부 모임은 부쩍부쩍 성적을 올리는 렌 관찰회로 변하면서 무사히 끝났다.

"오늘은 이 정도로 해두자. 다들 수고했어."

선생님 역할의 코토미가 말했다.

"저기, 미안. 난 내일 일이 있어서 못 와."

"아, 그렇구나—."

내일도 넷이서 게임 안 공부 모임을 가질 생각이었는데—.

"미안해. 나도 그래. 시험 전날이니까 부모님한테 공부를 봐달라고 할 거야."

"아, 나두나두~! 집안일을 도와줘야 해서~!"

"정말이냐. 야노는 공부하고 싶지 않을 뿐인 것 같은데……."

"시끄러워! 아니라면 아니거든~!"

나 말고 다들 현실 예정이 있구나.

집에서 공부해도 답답하고, 나 혼자 로그인해서 길드 하우스에서 공부할까…….

우리 집은 딱딱하고, 나를 온실 속 화초로 키우려 해서 자유가 전혀 없다.

자기 의지로 자유롭게 외출도 할 수 없고…….

그 점에서 노조미가 있는 아카바네 가 쪽이 더 자유롭다고 생각한다.

왜냐하면 류타로 씨가 게임 속이라고 저런 일을 하는데 질책하지 않는 것 같으니까.

"남 말하긴 하지만 타카시로~. 너도 놀러 갈 생각 아냐?"

"아니, 나는 아버지랑 같이 파티에 가게 돼서."

"파티?"

"아버지가 게임 회사에서 일해서 말이지. 신작 게임 완성 파티를 하거든. 뭔가 아카바네 쪽 레드 페더 소프트하고 콜라보한 거라더라. 실은 나도 몰래 제작을 도와주기도 했으니까, 아버지가 부른 거야."

"헤에~ 좋네~. 맛있는 걸 먹을 수 있을 것 같고!"

"그치? 회장은 커다란 호텔 같으니까, 기대되네."

"도쿄? 어느 호텔인데?"

"아니, 요코하마. 뭐였더라…… 요코하마 엔플레이스 호텔이었던가…….'

"아?! 아앗……!"

나는 무심코 소리를 내고 말았다.

거기! 그 회장—!

내일 우리 할아버지도 거기서 뭔가 파티를 한다고 했었다!

할아버지는 정치가니까 그쪽 관련이니 렌 쪽하고는 상관없겠지만—.

같은 호텔의 다른 층이다, 분명히!

"응? 뭔데? 아키라."

"아, 아니, 아무것도 아니야~. 나도 내일, 아마 볼일이 생길지도~."

"그럼, 내일 공부 모임은 안 되겠네."

"그러게."

"이의 없어."

"으, 응. 그러게."

할아버지가 나도 가지 않겠느냐고 권했지만 거절했었으니까.

난 파티 같은 그런 건 기본적으로 가지 않는 파다.

아오야기의 딸이라는 걸로 다들 이상하게 떠받들어주거나, 흑심을 갖고 접근해오니까.

거리낌 없는 할아버지들은 음흉한 눈으로 보기도 하고—.

렌처럼 아무 거리낌도 속셈도 없는 맨얼굴로 나와 마주보는 사람은 아무도 없다.

다들 뭔가 타산이나 계산을 품고 다가온다.

그런 사람들을 상대하는 건 지친다.

기분이 내키면 가기도 하지만, 필수인 걸 제외하면 가지 않는 게 디폴트다.

그 필수인 것도 꽤 많아서 곤란하지만……

아무튼 이번에는 고를 수 있어서 깊게 생각하지 않고 거절했지만—.

할아버지를 따라가서, 몰래 다른 층으로 가면—.

리얼 렌을 볼 수 있을지도 몰라!

괴, 굉장하네……! 그건 굉장해!

자유롭게 외출할 수 없는 나는 이런 기회가 좀처럼 없단 말이야!

리얼 악수를 하고, 리얼 사진을 찍고, 그리고— 그리고—!

"좋~았어! 꼭 가야지!"

텐션이 올라간 나는 무심코 일어나서 목소리를 높였다.

""""뭘?""""

전원이 의아한 눈으로 바라봤다.

"아하하하하…… 아무것도 아냐~. 저기저기, 렌. 게임 개발은 레드 페더 소프트랑 같이 한 거지? 레드 페더 소프트 사람도 와?"

"응. 아마도. 어쩌면 리얼 오라버니가 나올지도 모른다는 생각도 조금 들어."

"우와……! 그건 싫은데……!"

"아무리 그래도 평소에는 평범하게 있지 않을까……?"

"그래도 알맹이가 그거라는 걸 알고 있으니까, 어떻게 얽

혀올지 모른다고."

"뭐, 뭐어 그건 그렇지……."

"다가가봤자 화상만 입을 거라구. 거리를 둘 수밖에 없어."

"그러게. 3학년들도 다들 그런 느낌이었으니까."

그런 대화를 나누는 걸 제쳐놓고, 나는 고민에 잠겼다.

그렇구나. 레드 페더 소프트도 함께라면—.

조금 불안하지만, 요전에 같이 퀘스트도 했으니까 그 사람에게 협력을 부탁하면……!

"그럼 난 볼일이 있으니까 먼저 갈게! 다들 수고했어~!"

나는 길드 하우스를 급히 나와 게임의 메시지 기능으로 노조미에게 연락했다.

아직 노조미도 게임 중이어서 우리는 길드숍 거리를 나와 임해 공원에서 만났다.

"어, 어어어어머…… 웨, 웨웬일인가요. 당신이 제게 연락을 하다니—."

"미, 미안해요. 폐가 됐나요?"

노조미는 뭔가 어색했다.

같이 퀘스트를 한 건 바로 최근의 일이다.

그래서 조금은 이야기하기 쉬워졌나 했는데, 사이가 나빴던 시기는 그보다 훨씬, 몇 배나 길다.

그렇게 간단히 풀리진 않나—. 그렇게 생각했지만, 이번에는 나도 필사적이고 노조미밖에 부탁할 사람이 없다.

"아, 아뇨! 오히려 대환— 으음! 아뇨, 딱히 상관없어요. 그래서, 무슨 용건이죠?"

"그게 말이죠—."

나는 사정을 설명했다.

노조미는 어째서인지 환성을 내질렀다.

"어머나! 제게 사랑의 큐피드 역할을 맡겨주다니, 이건 틀림없이 친구 같은 무언가네요……!"

"으응? 친구……?"

"아, 아뇨. 아무것도 아니에요. 잊어주시길!"

"……그래서 저기— 도와줄 수 있나요?"

"상관없어요. 남의 연애를 도와주는 것도, 인생 경험이겠죠."

"연, 연애…… 연애라아."

그런 말을 들으면 왠지 쑥스럽다.

가슴도 조금 두근두근하다.

"어머, 아닌가요?"

"그렇진 않—다고 생각해요. 그래도 아무튼 처음 있는 일이라서— 아, 렌에게는 말하지 말아줘요?"

렌은 게임 바보고 여자아이를 보면서 좋아하기는 하지만, 딱히 여친을 원하거나 하지는 않는 것 같다.

나를 엄청 보기는 하지만, 만지려고는 하지 않으니까.

반쯤 게임 캐릭터를 감상하는 느낌이라고 생각한다.

역시 게임 세계에서 마음껏 즐기는 게 제일 우선이겠지.

나는 딱히 만지고 싶으면 만져도 상관없는데…….

그래도 억지로 부추기거나 잡아당기거나 하지는 않는다.

역시 평소 그대로의 렌이 좋고, 같이 있으면 즐거우니까.

그래서 기본적으로는 같이 즐겁게 즐기기만 하면 나는 만족이다.

하지만, 이번에는 더할 나위 없는 기회니까—.

"우후후후…… 공통 비밀— 우후후후……."

"응?"

"아, 아무것도 아니에요! 물론 알고 있답니다. 저도 할아버님의 권유가 있어서 같은 파티에 나가니까 협력할 수 있어요. 다른 층에서 타카시로가 있는 파티에도 들어갈 수 있도록, 레드 페더 소프트 측에 수배를 해두기로 하죠."

"해냈다! 고마워요! 우리 집은 제가 자유롭게 할 수 있는 게 없어서, 노조미한테 부탁해서 다행이네요!"

"흐, 흥……! 감사라면 잘 되고 나서 해주시죠!"

"그럴게요— 그럼 내일!"

"네."

그런 약속을 나눈 우리는 UW를 나왔다.

현실로 돌아온 나는 바로 할아버지에게 가서, 안 간다고 했던 내일 파티에 역시 가겠다고 말했다.

할아버지는 웬일로 나와 같이 갈 수 있게 되었다며 좋아했다.

할아버지는 가족 중에서는 그래도 내게 자유를 주는 분이다.

지금 학교에 갈 수 있었던 것도 실은 할아버지가 편을 들어주셨기 때문이다.

할아버지, 정치가지만 경제 산업과 교육 분야에 조예가 깊으시니까—.

우리 학교의, VRMMO 세계에서 학교 교육을 한다는 새로운 시도를 알고 계셨다.

그보다 오히려, 정치 쪽에서 학교 설립에 조금 협력하셨던 것 같다.

그래서 그 성과에 흥미가 있으신 모양이다.

그렇기에 그 최첨단에 나를 보내는 것도 괜찮겠다고 생각하신 것이다.

아무튼 간에, 내일은 리얼 렌을 만날 수 있다—!

놀라게 해주고 싶으니까 렌에게는 비밀이다.

어떻게 등장할까.

역시 그건가?

뒤에서 다가가서 눈을 가리고 누구~게? 라고 하는 거—!

인생에서 한 번 정도는 해보고 싶었다!

좋아, 그걸로 하자!

나는 그걸 생각하면서 잠자리에 들었다.

그리고 다음 날―.

"어라어라, 손녀분이 예쁘게 자랐군요. 이거 부럽습니다."

"핫하하하! 그렇지요 그렇지요."

할아버지는 기분이 좋아 보였지만, 나는 좀…….

그게 저 아저씨, 아니 할아버지 정도 나이의 사람인데, 내 드레스의 가슴팍을 엄청 보고 있으니까.

정치가는 다들 할아버지가 되어도 활력이 왕성하다고나 할까―. 뭐, 여러 의미로 기운찬 것 같다.

렌에게 보여주는 것과는 달리, 역시 이런 곳은 거북하네…….

렌이었다면, 부끄러워도 조금 기뻤을 텐데……. 그 순간은 무심코 화를 내긴 하지만.

하지만 오늘은 노력하면 포상이 있다. 힘내자!

"오랜만에 뵙게 되어서 저도 기쁘네요."

웃는 얼굴을 꾸며서 싱글벙글 대응했다.

그런 일을 몇 번이고 몇 번이고 반복하는 사이―.

내 앞에 노조미가 슬쩍 나타났다.

그녀의 할아버지도 정치가라 이 파티에 참석했다.

그래서 노조미도 따라온 것이다.

노조미는 내게 살짝 귓속말을 건넸다.

"준비는 됐나요? 시작하겠어요?"

"네. 부탁해요―."

우리 집의 경우, 내가 자유롭게 할 수 있는 건 거의 아무것도 없다.

내가 집에서 일하는 사람에게 뭔가 부탁을 해도, 반드시 부모님이나 조부모님에게 확인을 받는다.

아래층에서 하는 렌의 파티에 가서 렌을 만나고 싶다고 해봤자 틀림없이 기각될 거다.

하지만 노조미는 어느 정도 자유로우므로, 내게 붙는 호위를 떼어낼 수 있게끔 준비를 해준 것이다.

"그럼 시작하겠어요……."

노조미가 아카바네 가의 경비인 검은 옷 사람들에게 눈짓을 줬다.

그리고 이렇게 명했다.

"아, 목이 마르네요. 마실 것을 가져와 주겠나요? 마셔보고 비교를 해보고 싶으니, 모든 종류로요."

그래서 여러 종류의 주스를 가득 채운 그릇이 나왔다.

그리고 내민 그것을— 노조미가 힘껏 뒤엎었다.

"이크, 뭔가 밟았네요!"

촤악! 그걸 내게 몽땅 끼얹었다.

머리부터 드레스까지 전부, 홀딱 젖어버렸다.

좋아, 계획대로—!

"……노조미?"

나는 일부러 화난 표정을 만들었다.

주변의 주목이 모이고 있으니까 자연스러운 리액션이 필

요하다.

"어, 어어어어머나! 일부러는 아니에요……! 미안해요—. 샤워를 하시고, 그리고 갈아입을 옷도 준비할게요!"

"……할아버지, 다녀올게요—."

"그래, 그러거라……! 너희는 아키라를 따라가라."

할아버지는 경호원 몇 명에게 지시를 내렸다.

"그럼 가죠—."

노조미는 나를 회장 밖으로 데려갔다.

좋아, 제1관문인 회장에서 탈출은 성공!

물론 우리 집 SP도 따라오지만, 노조미의 경호원이 우리 두 사람과 우리 집 경호원 사이에 들어가 가드했다.

그리고 우리는 한 층 올라가서 어느 객실로.

"안에서 샤워를 하고 갈아입을게요. 여러분은 방 밖에서 기다리세요."

노조미는 나만 데리고 객실로 들어갔다.

문 앞에는 노조미네 집 경호원이 서둘러 자리했고, 우리 경호원은 밖에서 기다릴 수밖에 없어졌다.

이제 이 방은 밀실이다.

"자자, 우선 샤워를 하고 오세요."

"네. 고마워요. 근데 어떻게 렌이 있는 층으로 가는 거죠?"

"그건 이후의 즐거움— 이라고 하고 싶지만, 보여드리죠."

노조미가 객실의 커다란 옷장을 열었다.

그곳에는 금속 폴대가 세로로 놓여있었고, 그리고 아래가 뚫려있었다.

폴대는 꽤 아래쪽까지, 플로어를 뚫고 뻗어있다.

"와아! 구멍이 뚫려있어!"

"네, 뚫었지요. 이걸로 3층 아래까지 직통이에요."

"이, 이걸 위해서……?!"

"네. 이 호텔은 우리 아카바네 가의 소유물이니― 공사는 산하인 레드 페더 리폼이 하룻밤 안에 해주었어요."

"고마워요! 이거라면 들키지 않고 아래로 갈 수 있겠어요!"

나는 저도 모르게 노조미의 손을 잡고 기뻐했다.

"우후후후…… 우훗, 우훗― 헉?! 이러면 안 되죠. 빨리 준비하세요. 너무 시간을 들이면 당신네 집 경호원이 호텔 안을 돌아다닐 거예요."

"알았어요!"

곧장 드레스와 속옷을 벗고 샤워를 하려고― 했는데, 온수를 틀려고 했지만 찬물밖에 나오지 않았다.

"왓, 차가워……! 어라, 온수가 안 나오네. 노조미~!"

나는 욕실에서 얼굴만 내놓고 노조미를 불렀다.

"뭔가요?"

"온수가 안 나오는데요……."

"어머! 서둘러 공사한 탓에 문제가 생긴 걸지도 모르겠네요―. 하지만 여기서 나가버리면, 들키지 않고 이동할 수는

없어요……. 미안해요."

"알겠어요. 그럼 찬물이라도 상관없어요. 샤워하고 올게요."

"상관없나요? 감기에 걸리지는 말아주세요?"

"괜찮아요! 리얼 렌을 만나기 위해서라면 이 정도는 괜찮다고요!"

그런고로 나는 찬물 샤워라는 만행에 나섰다.

렌을 만나기 위해서, 차가운 물로 몸을 씻으려고 한다.

"우…… 추워~! 그래도 끝났어요! 노조미, 갈아입을 옷은?!"

"네. 이쪽에 준비해 놨어요?"

노조미가 손으로 가리킨 것은— 게임의 소드 댄서 장비?!

그리고 또 한 벌, 이쪽은 그 엔젤 참?!

왜 게임 장비가 여기에……!

"에엣?! 이, 이건 게임 장비잖아요—?"

"만들게 했죠. 타카시로가 좋아할 것 같아서."

"화, 확실히 좋아할 것 같기는 하지만……."

그래도 현실에서 이건 엄청 부끄러운데—.

"다, 다른 옷은 있나요?"

"없어요."

"우…… 어쩔 수 없죠. 그럼 이쪽!"

나는 평소의 소드 댄서 장비 쪽을 입었다.

거울에 비친 내 모습은 머리카락이 게임 안의 핑크가 아닌 것 말고는 게임 그대로였다.

하지만 바람이 숭숭 통하는 느낌은, 현실 쪽이 더욱 강렬하다고나 할까…… 역시 부끄럽다.

그래도— 응. 렌이 좋아해 줄 테니까. 힘내자, 나!

"좋아…… 그럼 가죠. 노조미!"

"네. 이 폴대를 타고 내려가도록 하죠!"

나와 노조미는 폴대를 타고 3층 아래의 렌이 있을 파티 회장 플로어로 향했다.

폴대는 그 플로어의 창고로 연결되어 있었다.

창고를 나와 회장으로 들어왔다.

모두의 시선이 일제히 내게 모였다.

"우우우…… 엄청 보고 있는데요. 노조미—!"

"괜찮아요. 이 회장은 게임 완성 기념 파티예요. 주최자가 부른 코스플레이어로 보일 거예요."

"그, 그렇군요……!"

우리는 주목을 마구 받으면서 회장을 돌며 렌을 찾았다.

어딨을까? 가능하면 몰래 접근하고 싶은데.

어제 자기 전에 생각한 그거, 해보고 싶기도 하고.

"저게 아닐까요?"

노조미가 우리에게 등을 돌린 인물을 가리켰다.

그건 뒷모습이지만, 그야말로 렌이었다.

정장 같은 걸 입어서, 오늘은 조금 어른 같다.

"와, 진짜다! 좋았어……. 몰래 다가가도록 하죠—."

나는 렌의 뒤로 몰래 다가갔다.

이쪽을 보지 말라고 염원하면서. 놀라게 해주고 싶으니까, 말이지?

그리고 바로 뒤로 접근.

좋아, 간다. 전설의 오의—!

"누구~게?"

뒤에서 눈 가리기! 내 쪽이 꽤 키가 작으니까, 까치발을 들긴 했지만.

"우왓……?! 으응……?! 으음— 너희는?"

돌아본 것은 렌과 똑 닮긴 했지만—.

렌을 수십 년 정도 어른으로 만든 것 같은 사람이었다.

사, 사람을 잘못 봤다아아아아아?!

"레, 렌이 아니네……?! 죄, 죄송합니다. 착각했어요!"

나는 고개를 확 숙였다.

아~ 정말, 엄청 부끄러워~~!

"렌? 아아, 너희는 렌하고 아는 사이구나?"

저쪽에서 물었다.

아, 혹시 이 사람— 렌의 아버지?!

"네, 네에……!"

"반갑구나. 렌의 아버지란다."

그리고 명함을 나와 노조미에게 주었다.

타카시로 유우 씨— 라는 것 같다.

정말로 렌하고 닮은 아버지다. 뒷모습은 똑같다.

대면하게 되니 렌보다 분위기가 부드럽구나 싶다.

어른이 된 렌이구나. 응, 근사한 것 같다.

"아, 처음 뵙겠습니다! 저, 아오야기 아키라라고 합니다! 렌하고 언제나 학교에서 같이 지내서—."

"아, 네가 아키라구나?! 언제나 렌과 놀아줘서 고맙다."

"아뇨, 저야말로— 그런데, 렌은 어디 있나요?"

"아, 렌이라면, 오늘은 오지 않았는데?"

아버지가 말한 한마디에, 우리는 충격을 받았다.

""에에에에에에에에에에에엑?!""

그럼 우리는 뭘 위해 이런 일을—?!

노조미, 호텔 플로어에 구멍까지 뚫어줬는데……!

"어, 어째서 오지 않은 거죠?! 몸이라도 안 좋아졌나요?"

노조미가 물었다. 나도 그쪽을 알고 싶다!

"아, 렌이 아니라 우리 아내가 말이지—. 간병하기 위해 렌이 집에 남은 거란다. 시험공부도 있고, 파티는 또 갈 수 있다고 하면서 말이지."

"그, 그런가요……. 그런 거라면 어쩔 수 없네요."

"……우우— 그러게요. 유감이지만……."

렌, 다정하니까—.

그건 멋진 일이지만…… 타이밍이 안 좋잖아아아아아!

나는 오늘이 엄청난 기회였는데~~~!

"에취!"

아, 왠지 갑자기 찬물 샤워를 한 영향으로 오한이…….

"……돌아갈까요?"

"그러죠―. 다음부터는 타카시로의 예정도 제대로 파악해 주실래요?"

"그럴게요……. 비밀로 해서 놀라게 해주려고 했던 게 오산이었어요. 미안해요."

제대로 약속했다면 렌도 와줬을지도 모르고, 적어도 연락은 했을 것이다.

이건 나의 실수― 아아, 저질렀어…….

그 후, 멋대로 경호원을 뿌리친 나는 매우 야단을 맞았다.

그런 데다 감기까지 걸려서, 컨디션이 최악인 상태에서 학교 시험을 치게 되었고…….

결과는― 말할 것도 없었다.

■작가 후기

우선 본서를 손에 들어주셔서 정말 감사합니다.

사담입니다만, 본서는 통산 열 권째 책이 됩니다.

열 권이나 쓰다 보니 그런대로 익숙해진 느낌이 드네요.

언제까지 라노벨 작가를 이어갈지는 모르겠습니다만, 인생 경험으로서 나름 자랑해도 되지 않을까요. 옛날에는 나도 책을 써낸 적이 있었단다…… 같은 식으로요.

뭐, 가능하면 옛날 같은 소리 하지 말고 계속할 수 있으면 좋을 거라 생각하지만요.

최근에는 문장 생산력을 더 향상시키기 위해 소설가가 되자 쪽에서 이것저것 쓰고 있습니다.

야구도 비시즌이니 팍팍 써보자! 같은 느낌이죠.

만약 괜찮으시다면 보러 와주세요.

마지막으로 담당 편집자 N님, 일러스트를 담당해주신 아키타 히카 님 및 관계 각처 여러분, 다대한 진력에 감사드립니다. 이번에도 일러스트 좋았습니다. 이후에도 보고 싶네요.

그럼, 또 뵙겠습니다.

안녕하세요. 불초 역자입니다.

최근에 오베를 시작하여 선풍적인 인기를 끌고 있는 MMORPG를 저도 해보고 있습니다. 아직까지는 무척 즐겁게 하고 있네요. 스토리의 호불호하고는 상관없이 확실히 공을 들인 게임이라는 느낌이 들어요. 뭔가 수집하는 퀘도 많아서 일반 RPG 하는 느낌도 조금 들기도 하고요. 물론 그놈의 대기열은 아무리 까도 지나치지 않습니다만. 해보신 분들은 공감하실 겁니다. 뭔 놈의 대기열이 그렇게…… 그래도 대기열에 지지 않고 할 정도로는 즐기고 있습니다.

잡담은 접고 본편 이야기를 하자면, 이번 권에서는 다시 여러 퀘스트를 하는 이야기로 돌아왔습니다. 정말 파란만장한 퀘스트들이었네요. 한정퀘도 그렇고, 길드 대항 미션도 그렇고…… 사실 렌은 꽤 아슬아슬한 포지션이란 말이죠. 실적이 있고 길드원들이 다들 착하니까 저렇게 받아주는 거지, 한 발만 삐끗하면 완전 트롤러 취급일 텐데. 그래도 항상 기발한 발상력을 보여주는 게 대단한 것 같습니다. 현실이었다면 아마 "그건 저희가 의도한 바가 아닙니다."라는 말과 함께 패치해버릴 것들이 많지만요. 현실은 비정하네요.

그럼 후기는 이쯤 하고, 다음 권에서 뵙겠습니다.

VRMMO 학원에서 즐거운 마개조 가이드 3

초판 1쇄 발행 2019년 2월 10일

지은이_ Hayaken
일러스트_ Hika Akita
옮긴이_ 이경인

발행인_ 신현호
편집국장_ 김은주
편집진행_ 최은진 · 김기준 · 김승신 · 원현선 · 권세라
편집디자인_ 양우연
국제업무_ 정아라
관리 · 영업_ 김민원 · 조인희

펴낸곳_ (주)디앤씨미디어
등록_ 2002년 4월 25일 제20-260호
주소_ 서울시 구로구 디지털로 26길 111 JnK디지털타워 503호
전화_ 02-333-2513(대표)
팩시밀리_ 02-333-2514
이메일_ lnovelpiya@naver.com
L노벨 공식 카페_ http://cafe.naver.com/lnovel11

VRMMO GAKUEN DE TANOSHII MAKAIZOU NO SUSUME 3
~ SAIJYAKU JOB DE SAIKYOU DAMAGE DASHITE MITA ~
ⓒ Hayaken
Originally published in Japan in 2018 by HOBBY JAPAN Co., Ltd.

ISBN 979-11-278-4872-9 04830
ISBN 979-11-278-4561-2 (세트)

값 7,000원